# SETE HISTÓRIAS

Direção de Edla van Steen

LUIZ VILELA

# SETE HISTÓRIAS

global
editora

©**Luiz Vilela, 1998**
3ª edição, Global Editora, São Paulo 2001
3ª Reimpressão, 2015

**Jefferson L. Alves** – diretor editorial
**Flávio Samuel** – gerente de produção
**Rosalina Siqueira** – assistente editorial
**César Landucci** – projeto gráfico e ilustrações
**Maria Cecília Kinker** – revisão
**Estúdio Graal** – editoração eletrônica

Obra atualizada conforme o
**NOVO ACORDO ORTOGRÁFICO DA LÍNGUA PORTUGUESA.**

---

**Dados Internacionais de Catalogação na Publicação (CIP)
(Câmara Brasileira do Livro, SP, Brasil)**

---

Vilela, Luiz, 1942-
  Sete histórias / Luiz Vilela ; [ilustrações de César Landucci].
— São Paulo : Global, 2000. — (Coleção magias)

ISBN 978-85-260-0631-7

1. Literatura infantojuvenil I. Landucci, César, 1956- II. Título.
III. Série.

00-0546                                                CDD-028.5

**Índices para catálogo sistemático:**

1. Literatura infantil            028.5
2. Literatura infantojuvenil      028.5

Direitos Reservados

**global editora e distribuidora ltda.**
Rua Pirapitingui, 111 – Liberdade
CEP 01508-020 – São Paulo – SP
Tel.: (11) 3277-7999 – Fax: (11) 3277-8141
e-mail: global@globaleditora.com.br
www.globaleditora.com.br

Colabore com a produção científica e cultural.
Proibida a reprodução total ou parcial desta obra
sem a autorização do editor.

Nº de Catálogo: **2076**

# SUMÁRIO

O monstro, 7
Não quero nem mais saber, 15
Os tempos mudaram, 26
Um rapaz chamado Ismael, 36
A chuva nos telhados antigos, 47
Uma lástima, 56
Bichinho engraçado, 63

# O MONSTRO

Sob o sol quente da tarde, acompanhando nos radinhos de pilha, a multidão esperava, diante do velho prédio da polícia: lá dentro, em algum cômodo, estava "o monstro" – o monstro que durante vários dias aterrara a região com seus crimes bárbaros e misteriosos e que por fim, depois de longas buscas, havia sido capturado. Agora ele estava lá dentro, preso, bem vigiado, cercado de soldados, e em pouco ouviriam a sua voz, saberiam como ele era, como fizera tudo aquilo e por que fizera.

"É um momento de tensa expectativa, meus caros ouvintes", dizia o locutor da rádio, "um momento esperado há dias por todos nós, dias que pareceram séculos; mas finalmente, com o auxílio da Divina Providência e o trabalho desses valorosos homens da polícia, que não pouparam esforços na captura do perigoso facínora, aqui está ele, por trás das grades, e dentro em pouco estaremos face a face com o monstro, o bandido sanguinário e cruel que ceifou várias vidas, levando o luto às famílias e espalhando o pânico por toda a nossa região. É um momento que nos faz fremir de expectativa..."

Dentro do prédio, numa sala, abafada com o calor e a fumaça dos cigarros, homens da imprensa, vindos das principais capitais do país, se misturavam com soldados, aguardando também a aparição do prisioneiro. Um ventilador antigo, desenterrado aquele dia de algum armário e colocado num canto, se esforçava inutilmente para refrescar a sala.

Por fim a esperada porta se abriu, e, escoltado por dois soldados e um capitão, "o monstro" apareceu, sendo logo cercado pelos jornalistas, locutores de rádio, fotógrafos, câmeras. Era um sujeito loiro e miúdo, novo ainda: estava assustado com aquela súbita multidão ao seu redor.

– Vamos com calma, minha gente – disse o capitão; – vocês vão ter muito tempo para fazer as perguntas e tirar fotografia, vamos com calma – e ia avançando no espaço que diante dele iam abrindo, até uma cadeira, na qual fez então o preso sentar-se: – vamos afastar um pouco aí, senão o rapaz não tem nem jeito de respirar; vamos abrir um pouco aí.

O preso, sentado, de mãos algemadas, olhava assustado para aquelas caras todas ao seu redor e as máquinas.

– As perguntas terão de ser feitas a mim – explicou o capitão de um modo a não deixar dúvidas sobre sua autoridade; – nenhuma pergunta poderá ser feita diretamente ao preso. Está claro? Podem começar.

"O nome dele" – começou um repórter.

– Seu nome – o capitão falou para o preso; – qual é o seu nome?

– Meu nome? João.

– João de quê?
O preso olhava assustado ao redor.
– João de quê? – repetiu o capitão.
– João da Silva.
O capitão olhou para a reportagem.
"A idade dele" – pediu outro repórter.
– Qual é a sua idade? – falou o capitão.
– Não sei – falou baixo o preso, mal abrindo a boca.
– Você não sabe quantos anos você tem?
– Anos? Acho que é vinte.
"Acha..." – um repórter comentou rindo com outro.
– De onde que você é? – perguntou o capitão, atendendo a outro repórter. – De que lugar?
– Lugar? – o preso fez uma cara de quem não entendera.
– Você nasceu onde?
– Nasci no mato.
Houve riso no pessoal.
– Onde que é esse mato?
– Onde? Perto duma fazenda.
– E essa fazenda, ela é perto de alguma cidade?
– Cidade? É.
– Como que é o nome dela?
– Nome? Esqueci.
– Esqueceu? Você não lembra o nome dessa cidade?...

O capitão voltou-se para o repórter:
– Ele disse que não lembra o nome.

"Pergunte sobre os pais dele."
– Seus pais – falou o capitão; falava alto como se o preso fosse surdo: – você tem pai e mãe?
– Mãe morreu.
– E seu pai?
– Pai? Não sei.
– Você não sabe onde que ele está?
– Não.
– Ele está vivo?
– Vivo? Acho que está.
O capitão olhou para o repórter.
– Vamos afastar um pouco aí, gente; desse jeito, ele não pode nem respirar. Outra pergunta...
O capitão escutou atentamente e voltou-se de novo para o preso:
– Quantas pessoas você matou?
– Pessoas? Acho que é sete.
– Acha? Você não sabe quantas ao certo?
Os olhos do preso se moviam assustados.
– Acho que é sete – tornou a dizer.
O capitão voltou-se para a reportagem: "por quê", um repórter pediu, por que ele matara as pessoas; e "de que modo".
– Por que você matou essas pessoas?
– Por quê? Não sei.
– Você não gostava delas?
– Eu?...
– Por que você matou elas? Foi para roubar? Você roubou alguma coisa delas?

– Roubei.
– Dinheiro?
– Dinheiro não.
– Quê que você roubou?
O preso olhou ao redor.
– Quê que você roubou?
– Comida.
– Você tinha fome?
– Tinha.

– Que tipo de comida você roubou?
– Tipo?...
– Você roubou açúcar, não roubou? "De quase todas as vítimas ele roubou açúcar" – um repórter explicou para outro, que estranhara a pergunta.
– Por que você roubou açúcar? Fala alto, todo mundo aqui quer ouvir.
– Pra comer.
– Você gosta muito de açúcar?
– Gosto.

O capitão voltou-se para os jornalistas, o rosto com um incontido sorriso, que ele disfarçou passando os dedos pelo bigode. Tinha feito cuidadosamente o bigode aquela manhã, depois de um demorado banho: seria fotografado e televisionado, seu rosto apareceria em jornais de todo o país e no vídeo de milhares de televisões; era um dia excepcional, e ele precisava ir bonito.

"Como que ele matou as pessoas" – lembrou um outro repórter.

– Como que você matou essas pessoas?

– Como?
– Como que você fez para matar?
– Tiro. Se não morria, aí dava paulada.
Houve um certo suspense na reportagem.
"Pergunta se ele achava bom matar" – perguntou outro repórter.
– Você não tinha dó dessas pessoas? – o capitão perguntou.
"Se ele achava bom matar" – disse o repórter. O capitão olhou-o friamente, e voltou-se para o preso:
– Você tinha dó?
– Acho que tinha – disse o preso.
O capitão olhou para a reportagem:
– Mais perguntas?
"Pergunta se ele tem medo da polícia" – quis saber outro repórter.
– Você tem medo da polícia?
– Tenho.
"E de Deus."
– E de Deus?
– Deus?
– Você acredita nele?
– Acredito.
– E medo dele, você tem?
– Tenho.
Outro repórter: "se ele tinha feito alguma coisa com as mulheres".
– Você fez alguma coisa com as mulheres?
– Como?

– As mulheres que você matou: você fez alguma coisa com elas?
– Fiz – os olhos se mexeram rápidos.
– Quê que você fez?
Respondeu quase sem mexer a boca, os repórteres chegaram mais perto para ouvir.
– Fala alto – disse o capitão; – não precisa ter medo, todo mundo aqui é seu amigo.
– Fiz arte – disse o preso.
No rosto do capitão, dessa vez, o sorriso foi mais forte que sua intenção de manter uma aparência impassível. Os jornalistas riam, houve um relaxamento geral em que todos se sentiram bem e amigos ali dentro.
– Mais alguma pergunta? – o capitão falou, depois daquela pausa. – Ou já podemos encerrar? O preso já deve estar cansado.
"Pergunta se ele quer dizer alguma coisa a nós" – disse um repórter com ares mais humanitários e, pelo jeito, convicto de que sua pergunta fora a melhor ali.
– Você quer dizer alguma coisa para eles? – perguntou o capitão.
O preso correu rápido os olhos pelos rostos ao redor.
– Você quer dizer? – repetiu o capitão.
O preso esticou a cabeça na direção dele. O capitão se inclinou para ouvir. Então, tornando a erguer-se, o

capitão olhou para os jornalistas; tinha uma expressão contrafeita, como se não houvesse jeito de comunicar aquilo.

– Ele disse que quer um retrato – falou, e o riso apareceu no rosto de todos.

"Um retrato, meus caros ouvintes, é isso o que ele tem para nos dizer; quando em alguns lares enlutados as lágrimas não pararam ainda de rolar, esse homem, com a mesma frieza com que cometeu seus bárbaros crimes, vem agora pedir, a nós que o interrogamos, um retrato; seria isso a demonstração de um cinismo monstruoso, ou seria, como querem alguns, a prova de que o celerado não passa de um débil mental, incapaz de responder por seus atos? Aqui fica a pergunta, que deixamos aos senhores no encerramento de mais essa reportagem de sua rádio preferida..."

A multidão ia se dispersando, comentando sobre o que tinha ouvido.

Do prédio saíam os jornalistas:

– Decepção – dizia um repórter para outro; – vim esperando encontrar um monstro, e encontro esse pobre-diabo.

– Eu também – disse o outro; – esperava coisa bem melhor. Mas pelo menos houve uns lances bons.

– Isso houve.

– E pode dar uma boa matéria, você não acha?

– Claro.

# NÃO QUERO NEM MAIS SABER

De noite, quando eu voltava do serviço, sempre passava num bar para tomar alguma coisa. Geralmente eu tomava uma vitamina. Quando estava com mais fome, pedia também dois ovos cozidos. Às vezes eu variava, e no lugar da vitamina tomava um iogurte batido. Mas havia noites em que eu não estava com nenhuma fome, e então tomava simplesmente um chope.

Eu ia subindo devagar a Rua Augusta, olhando para dentro dos bares e casas de lanches. Olhava mais por curiosidade, pois eu já tinha os meus preferidos, que eram os bares grandes e populares que por ali havia. Eram bares sem luxo, frequentados por estudantes, operários, prostitutas, comerciantes, bêbados, marginais.

O de que eu mais gostava naquele trecho era um que ficava na esquina e tinha portas para as duas ruas. Dois rapazes tomavam conta. Eram todos dois simpáticos. Usavam aventais azuis. Um, de cabelo preto, era mais sisudo; era o que controlava o caixa. Mas ele atendia também no balcão. O outro, loiro e de cabelo crespo, parecia que só atendia no balcão. O loiro era prosa, gostava de um papo, estava sempre conversando com algum freguês.

Nessa noite, à hora que eu cheguei, havia só um freguês, que estava num canto do balcão, conversando com o de cabelo preto. Era uma quarta-feira, pouco mais de

dez horas. O loiro veio me atender. Pedi
uma vitamina. Ele picou as frutas, pôs
o leite, açúcar, e bateu. Pegou o copo
e encheu; sobrara um pouco, e então
ele esperou que eu bebesse, para pôr o
resto. Eu agradeci. Ele lavou o vidro na
torneira e tornou a pôr no liquidificador. Depois, talvez
por falta do que fazer, pegou o abacate e ficou rapando
e comendo com uma colher. Jogou a casca no lixo.
— Não tem gosto de nada — falou.
— Você come sem açúcar? — eu perguntei, reparando
que ele não tinha posto nada.
Ele sacudiu a cabeça, e tornou a dizer:
— Não têm gosto de nada esses abacates.
Olhou para mim:
— A vitamina está boa?
— Está — eu falei.
— Fruta aqui não tem gosto de nada. Abacate bom
era o da fazenda... — ele deu um sorriso. — Eu punha
leite, tirado na hora, leite e sal, ficava uma gostosura...
— Fruta do interior é outra coisa — eu falei.
— Conhece daquele abacate roxo? — ele perguntou.
— Aquele meio cascudo?
— É.
— Sei.
— Pois é: eu punha leite e sal, e comia três deles.
Depois ia trabalhar na roça e aguentava até a hora do
almoço. Aquilo era fruta mesmo, tinha vitamina.
— É...

— Sabe quantos pés de abacate tinha na fazenda do Papai?
— Quantos?
— Quatorze.
— Onde que é a fazenda de seu pai? — eu perguntei.
— A quilômetros e quilômetros daqui... — ele esfregou os dedos.
— Onde?
— Bahia.
— Bahia?
— É — confirmou com orgulho.

Ele foi atender um freguês que chegara no balcão da frente. Pegou um copinho de dose e abriu a torneira do café até quase encher. Pôs na frente do freguês, cumprimentou um amigo que ia passando na calçada, e voltou para o meu lado:

— Caju: quê que é caju aqui? É a careta, não é? Em São Paulo eles chamam de caju é a careta. Lá não, lá é a fruta. A gente mandava a meninada pegar; sacudia o pé, e o chão ficava tampado. E ainda dava pros porcos.
— É; eu sei como é...
— O senhor não é daqui também... — ele perguntou, meio na dúvida.
— Não, sou de Minas. Também fui criado no interior. Eu sei como é; as coisas no interior são muito melhores.
— Nem se comparam — disse ele. — Banana: banana aqui é tudo amadurecido à força, não tem gosto de nada.

Que gosto têm essas bananas daqui? É a mesma coisa de a gente não estar comendo nada. Na fazenda do Papai tem todo tipo de banana: maçã, prata, ouro, são-tomé. Lá tem pé de todas as frutas: banana, abacate, laranja, coco, jaca... Conhece jaca?
– Conheço.
– Laranja, tem todo tipo também; laranja da Bahia... Mas essa é da Bahia mesmo, não é a que eles falam aqui que é da Bahia. Ela é docinha, parece que a gente pôs açúcar nela; é uma delícia.
– Você tem toda a razão – eu falei; acabara de tomar a vitamina e empurrei o copo.
– Carne, por exemplo – ele continuou: – você come essas carnes aí: que gosto que têm? É tudo congelado, não tem gosto de nada. Lá na fazenda a gente via matando o porco na hora, era aquela carne gostosa. E linguiça? Você sentia o cheiro de longe, a boca da gente enchia d'água... Já reparou como as linguiças daqui fedem?
– Fedem mesmo; por que será, hem?
– Não vou dizer que eles fazem sujeira, tocam o negócio de qualquer jeito; se bem que tem gente que faz isso.
– Não duvido.
– Eu mesmo sei. Não é aqui, no bar, aqui a gente conhece quem faz as coisas; é gente asseada. E, mesmo assim, a linguiça ainda fede. Acho que é um preparado que eles põem nela. Eu não como linguiça aqui, em São Paulo. Só aquele cheirinho já me dá volta no estômago. Depois que comi as linguiças

da fazenda, não tenho coragem de comer essas daqui. Precisava ver como a linguiça lá era gostosa... E a gente ainda carregava de pimenta... É outra coisa: pimenta aqui, se você quer uma, tem de comprar um vidro; lá a gente joga fora, e é pimenta de tudo quanto é espécie.

Dois rapazes entraram e sentaram-se perto de mim. Eram estudantes. Um deles ficou sentado de lado, olhando para a rua. O outro, cabeludo e de barba, examinava as comidas e os preços numa lousa pendurada na parede. O baiano esperava.

– Esse "misto da casa" quê que é? – perguntou o rapaz.

– É o mesmo tipo de americano; só que, em vez de tomate, tem é molho de tomate.

– E as outras coisas?

– O resto é igual.

– Tem ovo?

– Tem.

O rapaz olhou para o outro.

– Vamos esse – disse o outro.

– Dois? – perguntou o baiano.

– É – disse o de barba. – E uma vitamina. Você vai querer vitamina também?

– Não – disse o outro.

– Só uma vitamina – disse o de barba.

– Fruta ou aveia? – o baiano perguntou.

– Abacate, tem?

– Só abacate?
– É.
O baiano foi até uma portinhola no fundo e gritou: "Dois mistos da casa!" Depois foi providenciar a vitamina. Era rápido para fazer uma vitamina; num instante ele já tinha feito. Encheu o copo e pôs na frente do de barba. Depois lavou o vidro na torneira. Virou-o de cabeça para baixo e deu umas sacudidas para a água acabar de escorrer. Pôs no liquidificador e tampou. Pegou um pano e, enquanto enxugava as mãos, veio de novo para o meu lado.

– Sei que a vida no interior é muito mais sadia – eu falei.

– Muito mais – ele disse, com o mesmo entusiasmo.

Um dos rapazes falara qualquer coisa. O baiano voltou-se para eles:

– Quê que foi? – perguntou.
– Esse abacate está podre – disse o rapaz.
– Podre? Você não viu eu fazendo?...
– Está com um gosto de podre – disse o rapaz.
– Estava com gosto de podre? – o baiano voltou-se para mim. – Foi o mesmo abacate com que eu fiz a sua.

Eu falei que não estava.

– Não é podre – disse o baiano com calma, sem se aborrecer. – Pode não estar com muito gosto; esses abacates daqui não têm gosto de nada. Mas podre não está não.

O rapaz provou mais um pouco.

– Pode tomar sem susto – disse o baiano. – Não é podre não. É que essas frutas aqui não têm gosto de nada. Os mistos apareceram na portinhola, e o baiano foi lá pegar. Pôs na frente dos dois. Depois pegou o vidro de mostarda. Puxou para perto o suporte com os guardanapos. Os rapazes começaram a comer.

– Lá na fazenda a gente levantava cedinho para ir na escola – ele continuou me contando. – Mas cedinho já era aquela claridão; não tinha sol ainda, mas já estava tudo claro. Era aquela beleza de céu, aquela coisa sem fim, azulzinho; uma maravilha. Na volta da escola a gente ia pro rio; a fronteira da fazenda era o rio.

– Lá então devia ser bom para pescar... – eu falei.

– Bom? Puxa... A gente via os peixes mexendo na água, prateando; pegava até enjoar... Mas o mais gostoso  era tomar banho no rio: a gente queimava de ficar preto. Lá, só de andar um pouco a gente já amorena. Aqui, para queimar, o sujeito tem de ir a Santos e não sei mais o quê, enfrentar estrada, engarrafamento; isso não é vida. Eu ainda estou meio queimado é de lá. Dessa vez fui nadar e queimei tanto, que as minhas costas pareciam fogo. Minha mãe pôs um talco, ela é zelosa com a gente. Mas no dia seguinte ainda voltei: para calejar...

– Quando que você esteve lá? – perguntei.

– No fim do ano passado. Daqui mais dois meses estou voltando para lá. Mas dessa vez é para ficar.

– Você vai embora?
– Vou; vou embora; vou embora e não quero nem mais saber. São Paulo é ilusão; esses prédios, essa barulheira, essa gente, tudo isso é ilusão. O sujeito vem para aqui achando que vai ter tudo, que isso aqui é o paraíso... Eu fui assim...
– Por que você veio?
– Eu era rapazinho, a cabeça cheia de ilusão, sabe como é; achava que aquilo lá era roça, que não prestava, que eu tinha é de vir para São Paulo. Achava que, vindo para aqui, eu ia ficar rico... Para você ver: lá meu pai me dava dois contos toda semana; com dois contos, eu ia para a cidade e fazia uma farra, chovia de menina. A gente ia, aquela turma de irmãos.
– Quantos vocês são?
– Somos doze.
– Puxa... E os outros moram lá também?
– Moram; só eu que fiz essa besteira de sair. O meu irmão que está pior lá, hoje, tem um açougue. Ele tem oito vacas: seis paridas e duas enxertadas. Um outro tem uma Rural. Eles vivem bem, e sem trabalhar muito. Aqui a gente se mata de trabalhar e quase que ainda passa fome. Você quer ver...
Ele tirou um lápis do avental, pegou um pedacinho de papel e fez, para eu ver, as contas do que ele ganhava e do que ele gastava, ele com a mulher e dois filhos.
– Está vendo? Não dá... A gente também não vai ficar passando mal demais; deixar de comer carne, por

exemplo. A gente faz isso, e depois? Vai gastar com remédio?
— É — eu concordei.
Ele embolou o papelzinho e jogou num canto.
— A gente fala essas coisas, e depois os outros vêm dizer que a gente é comunista e não sei mais o quê...
Os rapazes haviam terminado. O baiano fez as contas. Eles pagaram. O baiano pegou o dinheiro, foi ao caixa e chamou o outro garçom, que continuava conversando no canto. Pegou o troco, trouxe, os rapazes saíram. O baiano levou os pratinhos e deixou-os em frente à portinhola.
Um outro freguês esperava, no balcão da frente. O baiano foi lá atender. Ele demorou mais dessa vez. Eu fiquei olhando para a rua: passavam carros quase sem parar, alguns correndo, fazendo um barulhão.
O baiano voltou:
— Não vejo a hora de ir — disse. — Só penso nisso, noite e dia. Já estou até arrumando minhas coisas.
— Quê que você vai fazer lá? — eu perguntei.
— Vou trabalhar para o meu pai. Ele é que insistiu para eu ir. "Fica aqui", ele falou, "aqui tu tem feijão, farinha, carne; tu tem tudo." Chamei ele para passar uns dias aqui em São Paulo. Ele não quis. "Eu quero é sossego", ele falou. Meu velho tem quarenta e nove anos, mas quem vê ele ao meu lado fala que ele é meu irmão. Ele é mais novo do que eu...

– Quantos anos você tem? – eu perguntei.
– Faz um cálculo.
– Uns trinta e dois...
Ele riu.
– Você não vai acreditar...
– Quantos?
– Vinte e três.
– Vinte e três? – eu admirei. – Puxa, você parece muito mais velho... É mais novo do que eu quatro anos...
– Todo mundo acha; ninguém acredita que eu tenha vinte e três anos. Olha aqui... – Ele tirou a carteira de identidade e me mostrou.
– É – eu falei; – eu nunca adivinharia...
– Essa cidade envelhece a gente depressa. Quando eu tinha oito anos, eu pesava dezesseis quilos, mas era aquela gordura socada, sadia. Aqui eu nunca chegaria a oitenta quilos. Também vou dormir todo dia lá pelas cinco horas da manhã. Vivo gripado. Lá eu levava quatro ou cinco anos para ter uma gripe. Aqui eu vivo diariamente gripado; quando acabo de curar uma gripe, vem outra. Isso não é viver. Até doença lá é diferente: você tem uma dor de barriga, toma um chá de folha e na mesma hora já está bom. Aqui é remédio e médico, remédio e médico... E a correria? Só essa correria já acaba com a gente; todo mundo nervoso e agitado. Na Bahia não; o povo lá é tranquilo, chofer de táxi tem cuidado com você, carrega sua mala. Aqui você fala uma coisa, e eles já vão te mandando pra puta-que-pariu. Isso não é cidade. Foi a maior burrada que eu já fiz na minha vida.

— Se você não tivesse vindo, você talvez não saberia o valor do que você deixou.

— Mas eu perdi muita coisa aqui — ele falou. — Eu perdi minha juventude.

— Você está novo ainda.

— Perdi minha juventude — ele tornou a dizer. — Envelheci antes do tempo. Essa cidade estragou minha saúde. Vou embora sem levar nenhuma saudade daqui.

Um casal de pretos entrou no bar e sentou-se a uma das mesas que ficavam no outro lado, encostadas à parede. O baiano saiu do balcão, deu a volta e foi lá atender. Já eram mais de dez e meia. Eu estava com sono. Tirei o dinheiro e, quando o baiano passou, entreguei a ele.

— Faço votos de que você volte mesmo para a Bahia — eu disse.

— Só não volto se eu morrer antes — ele riu. — Não quero nunca mais saber disso aqui.

Abanei a mão para ele e saí. Na noite seguinte passei em frente ao bar e o cumprimentei: ele respondeu alegre. Foi a última vez que o vi, porque logo depois me mudei de São Paulo.

Agora já se passaram mais de dois meses, e estou curioso de saber se ele foi mesmo embora. Desejo que ele tenha ido. É o que ele queria. Qualquer um via que ele só seria feliz de novo se voltasse para a Bahia.

# OS TEMPOS MUDARAM

A igreja mudara muito, a começar de fora. Ela não tinha mais aquele aspecto austero de antigamente. O cimento das paredes havia sido pintado de azul, e o teto de branco. Vista de longe, da estrada, ela parecia uma igrejinha de brinquedo.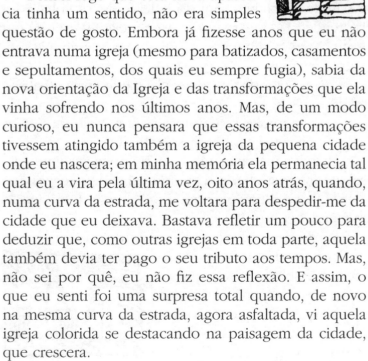
Pensei logo que essa nova aparência tinha um sentido, não era simples questão de gosto. Embora já fizesse anos que eu não entrava numa igreja (mesmo para batizados, casamentos e sepultamentos, dos quais eu sempre fugia), sabia da nova orientação da Igreja e das transformações que ela vinha sofrendo nos últimos anos. Mas, de um modo curioso, eu nunca pensara que essas transformações tivessem atingido também a igreja da pequena cidade onde eu nascera; em minha memória ela permanecia tal qual eu a vira pela última vez, oito anos atrás, quando, numa curva da estrada, me voltara para despedir-me da cidade que eu deixava. Bastava refletir um pouco para deduzir que, como outras igrejas em toda parte, aquela também devia ter pago o seu tributo aos tempos. Mas, não sei por quê, eu não fiz essa reflexão. E assim, o que eu senti foi uma surpresa total quando, de novo na mesma curva da estrada, agora asfaltada, vi aquela igreja colorida se destacando na paisagem da cidade, que crescera.

Foi essa aparência que me fez ir visitá-la. Eu teria ficado indiferente se encontrasse a igreja como a deixara. Mas aquela modificação teve um profundo efeito sobre mim: todo um mundo que eu acreditava morto e esquecido foi ressurgindo com espantosa rapidez em minha memória. Era o mundo de minha infância, e eu percebia agora como ele estava ligado àquela igreja. Ao fazerem aquela modificação, haviam, sem saber, cometido um ato de violência contra esse mundo, e minha reação era de melancólica revolta. E lá dentro, pensei, o que não teriam feito lá dentro?

Foi nesse estado de espírito que me encaminhei para a igreja. Ao subir os degraus, já fui vendo, pela porta aberta, o que tinham feito lá dentro: com exceção da arquitetura, podia-se dizer que tinham mudado tudo. Mas o que mais me surpreendeu ao entrar foi um grupinho de jovens lá no fundo cantando um sucesso popular, acompanhado por violões; eu já o tinha escutado de fora, mas pensara ser em algum lugar na vizinhança, não ali na igreja. Aquilo me chocou. Não é que me escandalizasse; é que eu simplesmente não esperava encontrar aquilo. Ao ir para a igreja, uma coisa pelo menos eu estava certo de encontrar: o silêncio, aquele antigo silêncio, tão pleno que parecia palpável no ar. Mas via agora, em nova surpresa, que ele também acabara, não existia mais, sumira. E as imagens, o que teriam feito de todas aquelas imagens, pungentes e dolorosas? Para onde as teriam levado? Lembrava-me principalmente do Cristo Crucificado, que desde menino me impressionava tanto pela expressão de sofrimento e desamparo; foi nele que pensei quando, anos depois, conheci a frase de Pascal: "Cristo estará em agonia até o fim dos séculos". Cristo, pelo visto, não estava em agonia naquela igreja.

Fiquei ali parado, na entrada, oprimido por uma porção de lembranças. Vi então que um moço, de óculos, roupa esporte, se destacara do grupo e vinha caminhando em minha direção, provavelmente ao meu encontro.

Parou à minha frente:
– O senhor?...
– Estou vendo a igreja – falei.
– Pois não – ele sorriu educadamente. – O senhor é de fora?...
– Não, sou daqui mesmo; mas há muitos anos que eu saí.
– Veio rever a cidade...
– De certa forma – eu falei. – Eu não sabia que tinham mudado tudo aqui.
– Mudado?
– A igreja; a pintura de fora, o altar, as imagens...
– Ah, sim – e ele olhou ao redor: – houve algumas mudanças; eram necessárias.
– Necessárias?... – eu falei; mas preferi não comentar. – O senhor é padre? – perguntei.

– Sou – e ele sorriu amável: – Padre Antônio, mas pode me chamar de Toninho; é como todo mundo me chama aí.

Tinha uma voz anasalada, a cara redondinha e lisa; parecia estar sempre sorrindo.

– Estou lembrando de meu tempo – falei; – essa hora havia aqui um silêncio tão grande, que uma simples tosse ganhava uma ressonância sagrada. Às vezes, voltando do colégio, eu passava aqui e ficava algum tempo sentado, rezando, ou sem fazer nada; eu gostava do silêncio...

– Os meninos estão ensaiando para cantar domingo na missa – ele explicou.

Entendera o que eu dissera como uma crítica – e talvez fosse mesmo, mas numa dimensão bem maior, que ele me parecia incapaz de entender.

– A Igreja vem passando por uma série de transformações – ele continuou; – o senhor certamente está a par...

– Mais ou menos.

– É preciso atender às exigências do tempo presente – ele falou, uma frase que por certo ele já devia ter dito dezenas de vezes a outras pessoas. – A Igreja tem se atualizado, acompanhando *pari passu* as grandes transformações do nosso tempo. Tudo o que não se renova envelhece e apodrece.

– Não há dúvida – falei. – Mas a Igreja hoje tem hora que me lembra uma mulher que, com medo de perder seu homem, usa de todos os meios para segurá-lo. Me perdoe se a comparação é um pouco grosseira, mas...

Ele sorriu para ser amável; avermelhara um pouco. Tossiu. Eu não tivera intenção de provocá-lo, apenas dissera o que me ocorrera na hora.

– O que fazemos hoje é simplesmente usar dos meios modernos para atrair os homens à Igreja de Cristo – falou o padre em resposta ao que eu falara. – Cristo quis que fôssemos pescadores de homens. Para que essa pesca seja profícua é preciso lançar mão de todos os meios ao nosso alcance.

– Como, por exemplo, dourar a pílula.
– Dourar a pílula? – ele fez uma cara meio pasmada.
– A religião, como queria Cristo, sempre me pareceu ser algo muito difícil de viver, algo duro e em essência trágico.
– Trágico? – ele fez a mesma cara.

– O que eu quero dizer – falei, – é que, no meu entender, a Igreja de hoje tem barateado o cristianismo, tem reduzido-o a uma coisa pequena e fácil: como ser cristão sem fazer força.

Ele me olhava muito atento, muito sério.

– Escuta – falou, – o senhor não gostaria de ir comigo até meu gabinete? Poderíamos nos sentarmos lá e continuarmos essa discussão. Eu teria muito interesse.

– Não se preocupe – eu falei, rindo, notando que ele ficara de fato meio preocupado; – minhas opiniões são muito pessoais; e, de resto, eu talvez seja apenas um saudosista...

O grupo, que havia se desfeito, vinha se aproximando esfaceladamente de nós. Ao passarem, os jovens diziam tiau para o padre, com a familiaridade de amigos de todo dia.

Uma moça parou ao nosso lado: era muito bonita e exibia suas maravilhas generosamente por um decote.

– Você vai, hem, Toninho? Oito horas. Você quer que a gente te pegue de carro?

– Não é preciso, eu vou a pé.

– Não vai ficar paquerando por aí não, hem?

O padre riu; a moça disse tiau e se foi, rebolando muito, andando depressa para alcançar os outros.

– É uma festinha deles – me explicou o padre; – eles querem que eu vá. Não sei se vai dar... – e ele passou a mão pela nuca, com um ar de dúvida e preocupação.

Eu tive certeza de que ele iria e de que falara aquilo apenas por causa de mim. Ele devia ter percebido isso, pois, ao me encarar de novo, ficou muito sem graça, e então, como recurso, desviou o olhar para os jovens, que saíam:

– É uma turminha muito boa – falou.

"Pelo menos as meninas eram", pensei...

Lembrei-me aquela hora de Padre Giovanni: Padre Giovanni uma vez comprara uma dúzia de xales e os pusera na entrada da igreja, para que se cobrissem as senhoras e senhoritas que estivessem "vestidas indecorosamente", conforme dizia o aviso afixado na parede. E quando alguma não cumpria a exigência, seus olhos agudos a descobriam lá do altar, e de lá mesmo, interrompendo a missa, ele dava o maior esculacho. Podia ser quem fosse: rica ou pobre, branca ou preta, jovem ou velha. Tinha gente na cidade que o odiava, assim como tinha gente que o adorava; o que não tinha é gente que fosse indiferente a ele ou que o ignorasse.  E no domingo, na missa, lá estavam todos, em silêncio, de olhos voltados para o púlpito, onde aquela figura magra, de ombros largos e nariz adunco, lembrava uma águia, uma águia irada que, de repente, fosse alçar voo e precipitar-se com fúria sobre aquelas cabeças na igreja repleta.

Esse mesmo homem, sempre em sua velha e surrada batina negra, podia ser visto, nos fundos da igreja, jogando bola com os meninos, ou então, nos arredores da cidade, nas casas dos pobres – e seria difícil dizer qual deles era o mais humilde, se o pobre ou se o padre. Visitava esses pobres diariamente e sempre a pé – "para castigar o corpo", como dizia. Padre Giovanni marcou uma cidade, e duvido que alguém o houvesse esquecido. Depois que eu me mudara, eu soube, alguns anos mais tarde, que ele, por motivo de saúde, fora para outra cidade. E eu, nunca mais tivera notícia dele.

Quando a turma acabou de sair da igreja, o padre me perguntou novamente se eu não queria ir até o gabinete dele, para continuarmos a conversa. Tornei a dizer que não, e dessa vez pretextei que tinha outras coisas a fazer.

– Vim mesmo só para ver a igreja – falei, – e ver se ainda encontrava alguma coisa do meu tempo; infelizmente...

– O Cristo que o senhor deixou é o mesmo que se encontra aqui hoje – ele me falou, com um sorriso que só um padre sabe ter essas horas.

Pensei em perguntar se ele conhecia a frase de Pascal, mas isso ia provocar nova discussão, e eu realmente não estava interessado em discutir. Em vez disso, perguntei pelos padres de meu tempo, o que havia sido feito deles. Ele só conhecera Padre Giovanni.

– Ele ainda está vivo? – perguntei.
– Padre Giovanni? Não, ele já morreu.
– Quando?
– Faz algum tempo; uns três anos. Ele já estava de idade e andava muito doente; ele sofria de arteriosclerose. Nosso provincial pediu que ele se limitasse a celebrar missa; mas ele não obedecia...

Riu, abanando a cabeça.

– O senhor conheceu ele bem? – me perguntou.
– Conheci.
– Então o senhor sabe como ele era...

Eu sacudi a cabeça.

– Ele tinha umas atitudes muito...
– Marcantes – eu falei.
– Marcantes? Bem, não é exatamente o que eu queria dizer... Mas... O senhor me entende; o senhor conheceu ele bem. O fato é que essas atitudes foram se agravando com a idade, e isso começou a trazer problemas para os

nossos superiores. Não era só uma questão de divergência de opiniões: é que ele já não estava mais em plena posse de suas faculdades mentais. Um colega nosso sugeriu que um psiquiatra o examinasse; a sugestão foi bem acolhida pelos outros, mas... quem teria coragem de dizer isso a ele?

— Os ratos e o guizo no gato.

— Como?...

— Coisa à toa.

— Mas... sei que acabaram desistindo. Tentaram, porém, outra medida, e, pelo que sei, ele não ofereceu resistência: ele passar uns tempos numa clínica de repouso. Lá, ele era mais ou menos vigiado; todo mundo sabia como ele era. Mas uma manhã, ao entrarem no quarto dele, descobriram que ele tinha fugido pela janela, e isso no terceiro andar; e ele já estava com setenta e tantos anos. Por aí o senhor vê como ele andava. Encontraram ele depois numa favela, a cinco quilômetros da clínica. Ele disse que seu lugar era ali, entre os pobres, e pedia aos superiores que o deixassem acabar seus dias na favela, que este fora sempre o seu maior desejo na vida.

— Os superiores não deixaram.

— Os superiores? — o padre me olhou com alguma surpresa. — O senhor já sabia?

— Não.

Ele então deve ter me entendido, porque disse:

— Eles não deixaram por causa da idade avançada dele e porque a favela era um lugar perigoso; havia

muitos marginais, podiam fazer algum mal a ele, o senhor sabe como é.
– E aí ele voltou para a clínica...
– Voltou; ele foi quase à força. Foi pouco tempo depois disso que ele morreu.
O padre ficou um instante em silêncio; depois sorriu, abanando a cabeça:
– Era uma pessoa muito curiosa o Padre Giovanni...
– Era um grande homem – eu falei.
– O senhor acha? – ele se admirou, como se eu tivesse dito algo meio absurdo ou estivesse pilheriando. – Um sacerdote zeloso, isso não há dúvida de que ele fosse; mas... Era um padre bastante desatualizado; ele não participava do movimento de renovação da Igreja, nem se interessava por isso; era bastante reacionário, para resumir numa palavra. Que era zeloso e piedoso, não há dúvida. Tinha também um grande amor aos humildes. Mas era um padre pouco útil para o nosso tempo. Não sei se o senhor entende o que eu quero dizer...
Eu disse que entendia. Claro. Entendia perfeitamente...
Ele insistiu mais uma vez para que eu fosse até o gabinete dele e nos sentássemos e continuássemos a conversa, tinha muito interesse. E ainda acrescentou que havia lá "uma cervejinha gelada", se eu gostasse. Mas eu agradeci e tornei a dizer que eu não podia mesmo, que eu tinha outras coisas a fazer.
Despedi-me dele e fui embora.

## UM RAPAZ CHAMADO ISMAEL

Era começo de junho, e o frio tinha vindo para valer. Aquela noite, então, a temperatura havia baixado mais ainda. Olhando a rua lá fora, a garoa caindo e as pessoas passando agasalhadas, a vontade que eu tinha era a de continuar ali no bar noite adentro, tomando vinho e conversando. Mas não era sábado, era uma plena quarta-feira, e para nós, do jornal, o trabalho havia apenas começado; fôramos ali só para jantar.

Tínhamos comido uma macarronada e acabáramos com a garrafa de vinho. Bruno, meu companheiro, era o redator-chefe do jornal. Ele não sentia tanto frio: vestia só uma blusa de lã. Eu estava com duas e ainda, por cima, o paletó. Mas Bruno já estava há muito tempo em São Paulo e de certo modo se acostumara com o frio. Eu, só de olhar lá para fora, já começava a tremer. Esfregava as mãos como um desesperado, e, a cada vez que fazia isso, Bruno ria.

– Não tem jeito não – falei; – o negócio é pedir mais uma garrafa de vinho...

Ele olhou as horas. Eu também olhei: era cedo ainda, sete e pouco.

– O.k. – ele disse: – sugestão aprovada.

Pedimos o vinho.

Tomei de cara um bom gole. Não demorou, senti a reação: um calor gostoso se espalhando pelo corpo.

— É uma maravilha esse vinho — eu falei.

— Acabou o frio? — Bruno me perguntou, sempre com aquela cara de riso.

— Acabou, não; mas melhorou bastante... — eu respondi, rindo também.

Estivéramos quase todo o jantar conversando sobre o jornal e Bruno me falara de vários tipos que haviam passado pela redação. Como tínhamos aquela nova garrafa de vinho e ainda algum tempo, perguntei a ele se não lembrava de mais algum caso — aliás, Bruno adorava contar aqueles casos...

Ele pensou um pouco e me perguntou se Donaldo — Donaldo era o nosso secretário de redação — não havia me falado num rapaz chamado Ismael. Eu disse que não.

— Foi o Donaldo que trouxe ele para aqui — Bruno contou. — Donaldo me arruma os tipos mais estranhos. É a especialidade dele, arrumar gente estranha para o jornal. Me arruma os tipos mais malucos. Toda vez que ele me diz que arranjou um sujeito com "excelentes possibilidades" para o jornal, eu já fico de orelha em pé: "Mais um louco", penso. Ismael não foi o primeiro nem o último deles; mas não há dúvida de que foi um dos mais curiosos...

Tomei mais um gole de vinho. Acendi um cigarro.

— Ismael veio de uma cidadezinha de Minas. Esqueci o nome agora... Bom, mas isso não tem importância; o que importa é que ele

veio parar aqui em São Paulo, tentar a sorte grande como tantos outros jovens vindos de diversas partes do Brasil... Bem: um dia, quando eu entro na redação, Donaldo me grita lá da mesa dele: "Bruno! Eu tenho um negócio muito importante para falar com você!" Eu falei para ele aparecer depois na minha sala. Ele foi lá. Perguntei o que era. Você já sabe: era o rapaz. Donaldo me disse que tinha arranjado um rapaz com "excelentes possibilidades" para o jornal... Como essa época eu ainda não conhecia direito o Donaldo, nem os tais caras com "excelentes possibilidades", fiquei muito interessado. E, depois, o jornal estava numa época difícil, faltava gente, precisávamos urgentemente de novos repórteres e cópis...

Bruno abanou a cabeça, rindo:

– Estou pensando: Donaldo é um sujeito único... Honestamente, eu nunca encontrei um cara como ele. É uma figura... O pior é que eu não consigo saber se ele é um gênio ou um louco completo...

– Deve ser um pouco de cada – eu falei.

– É, deve ser isso... Para você ver: a primeira coisa que eu perguntei a ele esse dia foi o que todo redator-chefe normalmente pergunta: em que jornal que o rapaz tinha trabalhado antes. Pois sabe qual foi a resposta? Que o rapaz nunca tinha trabalhado em jornal.

Eu ri.

– Está achando que é brincadeira? Foi exatamente essa a resposta que ele me deu. Mas não, ele foi logo dizendo, isso não é problema, eu não precisava me preocupar. "Você é um louco, Donaldo!" "Acalme-se, Bruno: deixe tudo por minha conta." É, deixe tudo por minha conta; mas depois quem levava na cabeça era o redator-chefe, era eu... "Bruno", Donaldo me olhou todo sério: "eu já te arranjei algum cara que não desse certo?" De fato, os caras que ele tinha me arranjado até essa época tinham todos dado certo, isso eu não podia negar; só que depois foi muito diferente... Bom, ele acabou me convencendo: me disse que o rapaz não tinha trabalhado em jornal, mas sabia escrever bem, tinha bom domínio da língua, era inteligente, aplicado, levava as coisas muito a sério. E outra coisa, disse Donaldo: ele tinha vindo de longe e não tinha nenhum emprego, nem uma pessoa para ajudá-lo. Foi esse dia que eu comecei a perceber que o Donaldo era uma espécie de São Vicente de Paulo dos jovens desempregados de São Paulo... Sem emprego; e que tinha o jornal a ver com isso? Se for assim... "Quando você traz o rapaz?", eu perguntei. "Amanhã mesmo, se você quiser." "Tá", eu falei: "amanhã você traz."

Bruno pôs mais vinho nos copos. Tomou um gole devagar, degustando.

– Bom – ele continuou, – no dia seguinte aparece o Donaldo com o rapaz. Sabe, quando eles entraram na sala, o que me deu vontade de perguntar foi: "Donaldo, você trouxe o seu neto; mas... e o rapaz?"

– Por quê?
– Porque era um menino que estava ali!
– Menino? Quantos anos ele tinha?
– Tinha dezesseis; mas parecia ter menos ainda: parecia ter uns doze ou treze, no máximo. Me deu vontade de rir; vontade de pôr o menino no colo e dizer: "Bilu, bilu, gacinha, qué sê jonalista, é?..."
Eu ri.
– Mas isso foi só um momento – disse Bruno, – foi só no instante em que eles entraram. Na mesma hora minha impressão mudou.
– Quê que houve?
– Não sei bem como dizer; a seriedade do menino, a expressão dos olhos dele... Ele era "mortalmente sério". Ele não sorriu uma vez; nem na hora de me cumprimentar. Que seriedade. Isso me impressionou; até hoje me impressiona. Mas não foi só isso; é que havia nele uma espécie de força oculta, de... Não sei. Sabe, o que eu senti é que aquele menino tinha qualquer coisa de excepcional. Eu tinha certeza. Eu fiquei tão impressionado, que por um instante cheguei até a me esquecer do aspecto físico dele.
– Como que ele era? – perguntei.
– Era bonitinho. Como te falei: parecia um menino de doze ou treze anos. Era magro e miudinho. Mas tinha um rosto bonito, de traços bem feitos. Era loiro, o cabelo liso e quase sempre mal penteado; ele não ligava muito para as aparências. Mas esse dia ele estava arrumadinho. Me lembro bem do cabelo: ainda meio molhado,

brilhantina, partido certinho; parecia um menino que a mãe acabou de pentear para ir à escola. Lembrei de mim aquela hora: meus dezesseis anos, brilhantina no cabelo, muito sério, chegando também aqui em busca de emprego, o sonho da cidade grande, o primeiro dia no jornal... Lembrei de muita coisa... Havia muita semelhança entre o menino e eu. E diferenças também, como eu depois veria: ele tinha mais talento do que eu tivera na idade dele; e era bem mais obstinado. Bem mais...

Bruno pegou um cigarro e acendeu-o. Ficou um breve instante calado, olhando para a rua.

– Enfim: eu aceitei o menino. E foi bom. No começo foi ótimo. Foi muito mais do que qualquer coisa que a gente pudesse ter imaginado. Ele não apenas progrediu: ele progrediu com uma rapidez incrível. O que outros levavam meses para aprender, às vezes até anos, ele aprendeu em dias, ou mesmo em horas; era impressionante. Mas também precisava ver como ele era. Eu nunca vi um foca assim. Tudo para ele parecia ser uma questão de vida ou morte; qualquer coisa, ele se entregava de corpo e alma, com aquela mesma seriedade que eu vi no primeiro  dia. O Donaldo, não preciso dizer como ele estava, e como o prestígio dele comigo crescera; não tive dúvida aqueles dias de que ele era realmente um gênio em matéria de percepção. Pensávamos a mesma coisa: que, com mais algum tempo, Ismael seria o repórter número um do jornal e certamente um dos melhores do Brasil; e isso naquela idade, já pensou?

– E ele? – eu perguntei.
– Ele?
– O que ele dizia?
Bruno riu:
– Ele não dizia nada.
– Nada? Como?
– Nada; nem uma palavra.
– Estranho...
– Era estranho mesmo. Mas era assim. Nem uma palavra. Até puseram apelido nele, na redação, de Mudinho. Foi o cara mais silencioso que eu já vi na minha vida. Eu nunca soube nada a respeito dele. Ele nunca bateu um papo comigo. A não ser no dia, o célebre dia...
– Quê que houve esse dia?
– Eu vou te contar... Vou te contar... – e Bruno tomou lentamente um gole de vinho. – Foi uma tarde; eu estava lá na minha sala. Então bateram na porta. Eu mandei entrar. Era ele, Ismael. "Como é, Ismael?", eu falei. Mandei-o sentar-se, mas ele disse que era só um minutinho. "Quê que você deseja?", eu perguntei. "Quero falar com o Doutor Maia", ele falou. "O Doutor Maia é meio difícil", eu falei; "só quando é um assunto muito importante. É importante o que você tem para conversar com ele?" "É." "Você não pode conversar comigo mesmo? Eu transmito a ele." Ele ficou calado, depois falou: "Eu vou sair do jornal." "Sair do jornal?", eu estranhei. "Mas por quê? Quê que houve? Aconteceu alguma

coisa?" "Não", ele falou. "Mas por que então? Você está descontente com algo?" "Estou", ele falou; "eu pensava que fosse diferente." "Diferente? O jornal?" "É." "Como?"

Eu não estava entendendo; mas ele então explicou: é que ele não queria trabalhar numa coisa que era mentira. "O jornal é mentira?", eu perguntei. "É", ele falou. "Por que que é mentira?", eu perguntei. Porque o jornal não dizia tudo, ele falou, e porque o jornal dizia uma porção de coisas que não eram exatamente a verdade. "Ismael", eu falei, "você sabia que todo jornal tem uma determinada linha de pensamento e ação, e que certas coisas não se podem dizer?" "Um jornal devia dizer tudo e dizer só a verdade", ele falou; "as pessoas leem e acreditam, a gente não devia mentir para elas." Essa palavra, mentir, me irritou: "Escuta, meu filho", eu falei, "você não sabia que todo jornal é assim, seja aqui ou nos Estados Unidos ou na Conchichina? Que não existe jornal que não seja desse jeito? Você não sabia disso?" Ele não falou nada. "Pois é assim", eu falei, "seja em que parte do mundo for. E não adianta você achar ruim, não adianta eu achar ruim, não adianta ninguém achar ruim. É assim, sempre foi assim e tudo leva a crer que continuará sendo assim." Falei tudo isso para ele e mais uma porção de coisas. Ele ficou calado, ouvindo. "Então", falei: "você prefere pensar de novo no assunto e deixar para me dar uma resposta depois?..." "Não", ele falou. "Você quer mesmo sair?" "Quero." "Ismael", eu falei, "você está sabendo que nós estamos gostando muito do seu trabalho e que nós te vemos como o repórter aqui de mais futuro? Você está sabendo que nós decidimos te contratar e que você vai começar ganhando de cara dois mil?" É o que nós íamos pagar a ele: dois mil. "Você não acha que é um bom ordenado?", eu perguntei. "Acho." "E, mesmo assim, você prefere sair?" "Prefiro." Essa hora eu perdi as estribeiras; levantei da cadeira e falei: "Meu filho, você sabe o que você está fazendo? Você tem consciência do que você está fazendo? Você sabe o que é um emprego como esse? Sabe o que é a vida em São Paulo? Você sabe que há milhares de jovens na sua idade que dariam tudo para estar agora num emprego como esse, ganhando esse dinheiro? Você sabe de tudo isso? Já refletiu sobre essas coisas?" Ele não falou nada. Eu vi que era inútil; nada do que eu dissesse ali adiantaria; o menino era um cabeça-dura. "Está bem", eu falei; "amanhã você passa aqui; eu vou mandar preparar um cheque para você."

Ele passou; no dia seguinte ele voltou à minha sala. Eu dei o cheque para ele. "Você já tem alguma coisa para trabalhar?", eu quis saber. Ele falou que não. "E como que você vai se aguentar se esse dinheiro acabar?" "Não sei", ele falou. Eu tive vontade de dar um puxão de orelha nele. "Se você precisar de alguma coisa nesse tempo, você me procura", eu falei; "e se você resolver voltar para o jornal, as portas continuam abertas." Ele me agradeceu e foi embora.

— Ele não voltou...
— Não... — disse Bruno, — ele não voltou... O menino tinha opinião...
— E o Donaldo?
— Donaldo aqueles dias estava viajando; mas, mesmo que ele estivesse aqui, isso não adiantaria nada. Ninguém ia fazer o menino mudar de ideia; nem Deus... Quando o Donaldo chegou, eu contei para ele. E então falei: "Olha, Donaldo, da próxima vez que você arrumar alguém com 'excelentes possibilidades' para o jornal, em vez de trazer ele para aqui você pega ele e enfia naquele lugar, tá?..."
Eu ri.
Bruno olhou o relógio:
— Vamos indo? Está na hora de começar o batido...
— É... — eu concordei.
Pedimos ao garçom para trazer a conta.
Enquanto esperávamos, perguntei a Bruno se ele não tornara a ver Ismael mais alguma vez.
— Não — ele disse, — eu não; mas o Donaldo viu. Não foi muito tempo depois disso. Uma madrugada, ao voltar para casa, Donaldo deu com ele na rua. Me disse que o menino estava de dar pena: tinha emagrecido mais ainda e estava com uma "cara de quem não como há dias".
Donaldo ficou penalizado. Perguntou o que ele andava fazendo depois que saíra do jornal; ele embrulhou, disse que trabalhava num bairro e não sei

mais o quê, inventou umas coisas. "Você não quer voltar pro jornal?", Donaldo perguntou; "se você quiser, eu te arrumo lugar agora, nesse instante." Preciso dizer qual foi a resposta dele?...

O garçom chegou com a conta; nós partimos a despesa. Deixamos a gorjeta, levantamo-nos e saímos.

Fora o frio estava forte e a garoa continuava, mas o vinho me aquecera, e eu agora me sentia bem.

– Já vi de tudo nessa redação, meu caro, já vi de tudo – ia me dizendo Bruno, enquanto caminhávamos para o jornal.

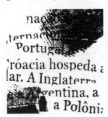

# A CHUVA NOS TELHADOS ANTIGOS

– Que estranho... – ela disse. – Mas como você me descobriu aqui, Wilson?

– Isso é segredo; eu contratei um detetive particular... Ela riu.

– Você vê que não adianta esconder – disse ele; – mesmo que fosse a cidade mais longe do mundo, eu ainda te encontraria...

– É, eu estou vendo... – ela tornou a rir.

Ele pegou o maço de cigarros; ofereceu-lhe: ela agradeceu.

– Você parou de fumar?... – ele estranhou.

– Parei; o Olímpio não gosta.

– Nem dentro de casa?

– Não – ela respondeu, e se levantou: – deixe-me pegar um cinzeiro...

Ela foi pegar o cinzeiro em cima de um móvel, e ele aproveitou para observá-la com mais liberdade. Ela continuava bonita – mas, claro, não era mais aquela menina graciosa, de olhos melancólicos, que ele conhecera tempos atrás: era uma mulher, e tinha mesmo aquele ar negligente de uma mulher com dois anos de casada.

– Detetive... – ela pôs o cinzeiro à sua frente e voltou a sentar-se. – Mas me conte, Wilson, quê que você fez durante esse tempo, por onde você andou...

– Fiz muita coisa, Tânia, andei por muitos lugares; pintei muito...
– Fiquei sabendo de uma exposição sua há pouco tempo.
– Uma no Rio?
– Acho que é. Eu li num jornal. Sei que o sujeito lá te fazia os maiores elogios, te chamava de um dos grandes talentos novos da pintura brasileira... Está vendo?
– É, não posso me queixar quanto à minha carreira; tenho tido bons êxitos. Com os quadros já deu até para ir à Europa.
– Soube mesmo que você foi. Que tal?...
– Ótimo; gostei muito. Andei bastante por lá; fiquei uns tempos em Paris...
– Paris... – ela disse.
– Você lembra?...
Ela sacudiu a cabeça.
– Quantos planos, hem?... – ele lembrou.
– É... E nenhum deu certo... Bom, pelo menos, você foi a Paris...
– Fui, mas não como estava naquele plano...
– É assim mesmo: as coisas nunca são exatamente como a gente deseja.
Ela olhou na direção da janela, como se procurasse ver algo longe, na memória.
– De vez em quando eu me lembrava lá de você – ele disse; – de você, dos nossos

planos... Era o último dia de aula, você lembra? O último dia de aula e o seu último ano no colégio. Você disse: "Hoje é a última vez na vida que eu visto esse uniforme odiento."

Ela riu: estava surpresa de vê-lo lembrar-se daquele detalhe que ela própria não fixara. E no entanto fora isso, exatamente, o que ela dissera.

– Não foi o que você disse? – ele ainda perguntou, para confirmar.

– Foi; exatamente... Puxa, como você foi guardar uma coisa dessas, Wilson? Eu nem lembrava mais...

– Pois é... Você vê que eu não esqueço de nada...

Ela baixou os olhos, como se houvesse, naquela frase, uma velada acusação.

– O engraçado é sabe o quê? – ele continuou. – Que você estava achando bom não vestir mais o uniforme, e eu achando ruim.

– Ruim? Você? Por quê?...

– Porque foi com ele que eu te conheci; e então eu pensei que eu nunca mais te veria como naquele primeiro dia. E isso era como se... como se eu começasse a te perder...

Ela tornou a baixar os olhos.

– Quê que você fez dele?

– Dele? – ela ergueu os olhos de novo.

– Do uniforme.

— Ah; nem lembro mais, nem sei quê que eu fiz.
— Claro — ele disse; — que bobagem...
Os dois riram sem-graça.
— É, muita água passou... — ele disse.
— Por que você não me telefonou aquela vez, Wilson?
— Aquela vez?
— Eu te pedi que telefonasse, não pedi?
— Pediu, você pediu...
— Por que você não telefonou?
— Não sei, eu fiquei na dúvida; não sabia se você queria mesmo que eu telefonasse...
— Sempre duvidando das coisas, hem?... — ela o repreendeu com um terno sorriso.
— Sempre, não digo; mas aquela vez... Foi uma fase difícil para mim, Tânia; eu estava com uma porção de problemas, sem emprego... E o pior é que eu não sabia se continuava com a pintura, tinha dúvidas sobre a minha vocação...
Ela o olhava, escutando com atenção.
— Depois, com muita dificuldade, as coisas começaram a se estabilizar, e eu aí fiquei mais seguro do que queria, mais tranquilo.
— A gente nota isso.
— Você nota?
— Noto; noto que você ficou mais adulto.
— Bom, mas, também, já era tempo, né?...

— E eu? — ela perguntou. — Você acha que eu mudei?

— Mudou; mudou muito. Você era uma menina aquela época; agora é uma mulher. Mas continua tão linda quanto antes.

Ela sorriu. Ficaram os dois por um segundo em silêncio.

— Você toma um licor, Wilson? — ela perguntou.

— Licor? De quê?

— Murici.

— Murici? Faz anos que eu não vejo murici.

— Você gosta?

— Muito.

— Da fruta e do licor também?

— Ambos os três.

Ela riu.

— Vou trazer para nós...

Levantou-se e desapareceu no corredor.

Ele chegou até a janela. A chuva, miúda, continuava a cair sobre as casas de telhados antigos. Um pouco mais longe estava o rio, de águas barrentas, com bananeiras à margem. O céu coberto, o dia escuro, ninguém passando na rua. Era uma paisagem triste, e ela o fazia recordar-se de outras, antigas, que ele não sabia quando nem onde mas que estavam bem lá no fundo de sua memória, na parte mais solitária de seu ser. E ele então sentiu de novo o que tantas vezes sentira: aquele gosto antecipado de perda, a inutilidade dos esforços, o irremediável das coisas. Tudo já estava há muito tempo traçado, e qualquer tentativa de mudar as coisas terminava sempre em fracasso.

Ela chegou com o licor.
– Estava olhando a chuva... – ele disse.
– Há três dias que chove assim.
Os dois sentaram-se. Ele tomou um gole do licor.
– Você que fez?
– É.
– Está ótimo; meus parabéns.
Ela sorriu.
No silêncio, ouviam o ruído apagado da chuva.
– Quê que vocês fazem aqui, Tânia? Para se distrair...
– Tem um cinema aí, é a única diversão. De vez em quando também a gente reúne a turma de engenheiros e faz uma festa; é uma turminha boa.
– Você não sente falta daquela vida que a gente levava? Cinemas, teatros, bares...
– Às vezes sinto, não vou dizer que não sinto; mas a gente acostuma.
– Eu acho que eu não acostumaria.
– Olha, quando chegamos aqui, no primeiro dia eu pensei: "Não aguento ficar nessa cidade nem mais um dia." Agora já estou aqui há dois anos.

– É... – ele disse, tomando mais um gole de licor.
– É assim.
– E em casa, quê que você faz para passar o tempo?
– Adivinha...
– Não sei...
– Você vai rir.

– O quê?
– Tricô.
– É?...
Ele de fato riu.
– É, pelo que eu vejo, você está mesmo uma autêntica dona de casa, hem?
– Tinha de ser, né?
– Claro...
Tomou mais um gole.
– E o Olímpio, ele fica a tarde inteira fora?
– Fica.
– Você não tem medo de aparecer algum tarado aqui? Ou essa cidade não tem tarado?
– Tem a empregada.
– A empregada é tarada?
– Você, Wilson... Acho que você não mudou foi nada.
– Ela fica com você, a empregada tarada?
Tornaram a rir.

– Sabe, Tânia, eu não me conformo: você aqui nessa cidade, esse tipo de vida... Sinceramente, eu não acredito que você possa se acostumar com isso.

Ela sorriu apenas.

– E algum herdeiro, já vem por aí?

– Por enquanto, não...

Ficaram de novo calados.

Ele tomou mais um gole de licor.

Olhou as horas:

– Cinco e cinco... O trem passa às seis...

Olhou para ela:

– Será que a gente se verá de novo, Tânia?...

Ela mexeu a cabeça, sem dizer nada.

– Pode ser que a gente nunca mais se veja – ele disse.

Ela ficou olhando para o cálice de licor.

– Você me perguntou o que eu vim fazer aqui; sabe, eu não vim fazer nada: eu vim aqui só para te ver. A saudade era muita. Eu queria te ver, queria falar com você, saber como você estava, ter a certeza de que você continuava viva...

Riu e olhou para ela:

– Besta, né?...

Ela não disse nada; continuava olhando para o cálice de licor.

– Você tem razão, Tânia; eu talvez não tenha mudado nada mesmo...

Foi até a janela e ficou algum tempo olhando a chuva. Começava a escurecer.

Tornou a olhar o relógio.
– É, já é hora de eu ir andando...
Ela se levantou e veio também até a janela.
– Você volta?... – ela perguntou, olhando para fora.
– Você quer que eu volte?...
Ela mexeu a cabeça de modo indefinido.
– Não sei, Wilson... Não sei...
Ele observou-a, depois ficou um instante olhando para fora.
Respirou mais forte:
– Não – disse, – eu não voltarei.
Estava decidido.
Segurou de leve o rosto dela; lágrimas desciam mansamente.
– Tiau, Tânia.
Ela não respondeu.
Viu-o ainda, pela janela, caminhando, sob a chuva, para a estação, que ficava no fim daquela mesma rua comprida. Ele ia a passos firmes, e nem uma vez se voltou para trás.

## UMA LÁSTIMA

Ontem à noite levantei pra ver a chuva. Não era muito tarde, fazia pouco tempo que eu tinha deitado. Estava acordado, olhando pro escuro, e então comecei a prestar atenção no barulho da chuva. Desde o começo da noite que ela estava caindo, mas só agora eu prestava atenção. Não tinha nada de mais, era o barulho que a chuva sempre fizera desde que o mundo existe; mas, enquanto o escutava, fui achando cada vez mais bacana. Lembrei de quando era criança e ficava assim, de noite, antes de dormir, escutando a chuva lá fora, no jardim, e eu não queria dormir, queria ficar escutando a noite inteira.

Acabei levantando e indo até a janela. Estava bacana: a rua quieta, as pedras do calçamento brilhando, os postes de luz amarelada, tudo molhado, o barulhinho dos pingos nas folhas da árvore em frente à minha janela, e aquele cheiro gostoso. Fiquei quase uma hora olhando, até que o sono veio. Se não fosse ele, eu teria ficado mais tempo. Eu não tinha mais preocupação de dormir, de acordar cedo pra trabalhar.

No outro canto do quarto, meu companheiro dormia. Se ele acordasse, perguntaria quê que eu estava fazendo ali, se eu estava doente – porque um sujeito que levanta a essa hora, depois de estar algum tempo deitado, só pode estar doente. Ou então preocupado com alguma coisa. Mas não era nada disso. Eu diria pra ele que eu não estava com nada, que eu estava muito bem, que eu levantara pra ver a chuva. Ele certamente ia dizer: "Você é doido, Li."

Ele sempre me chama de doido. Ou de criança. Ou então de veado; ele me chamou de veado só porque uma vez eu pedi uma rosa a uma dona. Então ele falou que eu era veado, homem não faz isso, não pede rosa; quem faz isso é mulher ou então veado. Não liguei. Claro. Não ligo pra essas coisas. Se a gente fosse ligar, estava perdido. Sei que toda a vida foi assim, até com os grandes caras – santos, artistas, cientistas. Desde a escola que a gente ouve falar nessas histórias, estou careca de saber, e é por isso que eu não ligo.

Não é que eu ache que vá ser um dia um grande homem; se eu pudesse escolher, eu ia querer ser é um homem grande: aí eu ia dar porrada numa porção de gente que me enche o saco. Pensava muito nisso lá, na empresa; tinha um punhado de gente lá que me enchia o saco. Depois que eu saí, fui parando de pensar. No dia seguinte mesmo, quando fui buscar o dinheiro, eu já não pensava mais. E, agora, já não sinto nada pelos caras: posso encontrar qualquer um deles na rua, que não me importo; é até capaz de eu achar que são excelentes caras, não duvido nada. Não tenho mais vontade de dar porrada em ninguém. Nem mesmo no chefe, que fez a sacanagem de me despedir. Aliás, eu já nem acho mais que era sacanagem; pra dizer a verdade, estou até de acordo com ele: acho que ele tinha toda a razão em me mandar embora, era isso mesmo o que ele tinha de fazer, era isso o que mais cedo ou mais tarde tinha de acabar acontecendo.

Não foi nenhuma surpresa quando ele me chamou no escritório e começou com aquela conversa: "Lívio, você sabe como eu tenho sido tolerante com você." Sabia; e sabia também o resto da conversa, não precisava ser nenhum adivinho: ele ia me mandar embora. E foi isso mesmo. Engrolou uma conversa de meia hora, pra no fim dizer o que desde o começo eu já sabia: que eu estava despedido.

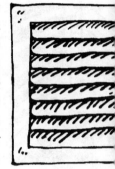

Fiquei lá sentado, olhando pra brasinha do cigarro que ia queimando, e de vez em quando tirando a cinza com o mindinho. Eu falava: "Compreendo." Ou: "Eu compreendo." Uma hora falava com o pronome, outra hora sem. De vez em quando eu falava também: "Eu sei como." Responder, não foi preciso responder nada, porque ele não me perguntou nada – perguntar o quê, se ele já tinha mesmo decidido me pôr na rua? Eu não olhava pra ele, olhava só pro cigarro, enquanto ele ia falando.

Uma hora ele fez silêncio, e eu então achei que ele tinha acabado e levantei pra me despedir. Mas ele ainda fez um resto de discurso: "Lívio, eu quero que você compreenda, que fique bem clara a razão de minha atitude. Para ser franco, eu não costumo fazer isso com os empregados, essa conversa, essa explicação; vamos dizer mesmo: essa satisfação. Não costumo fazer isso. Geralmente é só o aviso, compreende? O aviso puro e simples. Não dou satisfação; quando despeço um empregado, ele já sabe por quê, não preciso dar satisfação. Mas você, você é uma deferência especial; você ainda é muito novo, e acho que algumas palavras minhas poderão te servir daqui para frente."

Eu já sabia o que eram as palavras: eram aquela história de eu virar homem, encarar a vida com seriedade, ser uma pessoa responsável, deixar de ser criança, etc. "Você já tem idade para isso" – essa era sempre a última frase da história. Por isso, quando ouvi a frase, eu sabia que tinha acabado e que eu podia ir embora. Estendi a mão pra ele e disse: "Bem, até logo, Doutor; obrigado." Obrigado de quê? Estou sempre dizendo obrigado aos outros, como se tudo o que eles me fazem fosse um favor. Eu não devia ter dito nada, só despedir-me e – pelo menos naquele último dia – sair num porte de dignidade.

Foi pouco depois que eu entrei pra empresa, um dia que eu fui ao escritório dar um recado, que o Doutor me falou sobre o "porte de dignidade" – o modo como um homem deve andar. Ele então me explicou como era, dando uma voltinha ao redor da mesa. Ele é muito gordo, e a única coisa em que consegui prestar atenção foi sua barriga.

É por isso que toda vez que eu vejo um homem barrigudo e com cara de rico, eu lembro da palavra "dignidade".

Ele falou: "Então, vamos ver: você agora; dê uma voltinha; vá até ali e volte; um porte de dignidade." Eu fiz como ele mandou. Não, não, não era assim, ele disse, e mostrou de novo, e eu tornei a prestar atenção na sua barriga. Era uma coisa engraçada: era como se ele fosse uma coisa, e a barriga dele outra – e a barriga estivesse rindo dele.

Tornei a ensaiar. "Procure sentir-se como se você fosse a pessoa mais importante do mundo, alguém admirado e invejado por todos, rico, glorioso. Vamos. Empine a cabeça. Isso. Jogue o peito para frente; faça uma cara como se você não ligasse para nada. Não, não é assim, endureça o andar, não deixe as pernas jogarem. Aí. Não, assim está parecendo que você está marchando. E o peito? A cabeça também já caiu. Agora piorou. Não, não é assim, não está bom, você não aprendeu como..." Eu parei, na frente dele. Ele me olhou desanimado: "Está bem", ele falou, "eu te ensinei; agora é você mesmo que tem de ir aprendendo sozinho. É não deixar esse andar caído, com jeito de quem não almoçou nem jantou, compreende? Bem, pode ir, pode voltar para o serviço..."

De noite, sozinho no quarto, diante do espelho do guarda-roupa, eu tentei de novo. Primeiro andei no meu natural pra ver como não devia andar – o andar jeito-de--quem-não-almoçou-nem-jantou. Dei razão ao Doutor:

não inspirava nada aquele andar de égua estropiada. Não inspirava segurança, confiança, dinamismo, nada do que um futuro chefe de empresa devia inspirar. Pois era o que desde o começo ele achou que faria de mim um dia: um chefe de empresa. "Você tem tudo para isso", ele falou. Mas foi no começo; porque, depois, ele achou que eu não tinha nada para isso – que eu era "uma lástima", como ele dizia, torcendo os lábios e meio assobiando como se tivesse um araminho atravessado na boca.

Mas aquela noite eu me esforcei, juro que eu me esforcei. Fiz tudo pra melhorar: a cabeça pra trás, o peito pra frente, as pernas sem jogar, o ar de pessoa mais importante do mundo, a cara de não ligar pra nada. Mas não adiantava: por mais que eu me esforçasse, ficava faltando alguma coisa. O quê? Tive então o estalo: um travesseiro! Pus o travesseiro na barriga e vesti o paletó por cima: melhorou cem por cento. Cheguei a sentir o "porte de dignidade". Queria que o Doutor estivesse ali, pra ele ver...

Comecei a achar a coisa divertida e fiz outros ensaios. Com uma folha de jornal, fiz um quepe de soldado, depois enfiei um cabo de vassoura na cintura: era o próprio general que ali estava. Vesti o paletó com a frente pras costas, virei o chapéu na cabeça, peguei um missal na estante do meu companheiro – era o vigário.

Mas, de repente, não achei mais graça: sentei na cama, ainda vestido de padre, e foi me dando um grande desânimo de tudo e uma grande tristeza. Era aquilo, eu não conseguia mesmo levar nada a sério, eu só conseguia rir daquelas coisas. Todo mundo queria ser alguma coisa – chefe de empresa, ou general, ou vigário –, mas eu, eu não queria ser nada disso; eu não queria ser nada. Eu não me importava com nada disso; eu só me importava com coisas que não tinham importância: eu me importava com rosas, chuva, e coisas desse tipo. Quando todo mundo estava olhando pra alguma coisa longe e correndo atrás de alguma coisa, eu estava sentado em algum lugar, sem dar atenção ao que acontecia ao redor, olhando pra brasinha de meu cigarro.

Eles tinham razão, todos eles tinham razão: eu era mesmo doido, criança, veado – eu era uma lástima. "Uma lástima", falei com raiva pro espelho, torcendo os lábios e assobiando como se eu tivesse um araminho atravessado na boca. "Uma lástima!", gritei, já quase chorando. "Uma lástima!"

Quando cheguei na empresa, duas horas atrasado, o Doutor falou: "Dez e quinze." "Estive doente essa noite", eu falei. Ele não falou mais nada; só tornou a me dar uma olhada daquelas que me dera na véspera, antes de eu sair do escritório. Deve ter pensado: "Hoje ainda está pior do que ontem" – o porte de dignidade, a cabeça pra trás, o peito pra frente e tudo. E deve ter sido esse dia que ele começou a desistir do futuro chefe de empresa.

# BICHINHO ENGRAÇADO

Passar a faca no pescoço: era isso o que faziam com os cágados que vinham no anzol. Não era só um meio de se livrar deles; era também uma espécie de vingança, por causa das iscas que os cágados comiam. Ali já havia dois – os cascos para um lado e as cabeças para outro.

Tinham algo de patético aquelas cabecinhas cortadas, ele observou. Ainda bem que não pegara nenhum cágado. Se pegasse, não sabia o que faria: passar a faca, ele não teria coragem; e pedir a um dos companheiros que o fizesse por ele não ficaria nada bem, ainda mais que já o olhavam com um certo ar de deboche por ser da cidade.

Era a sua primeira pescaria grande – o que prudentemente ocultara dos companheiros –, e estava dando tudo para não fazer feio. Não pegara ainda nenhum peixe, mas, como eles também não tinham pegado, isso não era problema. O problema seria o cágado. Cada puxadinha ou aparência de puxada – às vezes apenas a correnteza, ou um galho de árvore, ou as pedras do fundo – já o fazia crispar-se todo, pensando que fosse um. Na verdade, sua preocupação principal não era pegar um peixe: era não

pegar um cágado. Ela já se tornara quase obsessiva. Um pouco, também, era o resultado daquelas horas seguidas sob o sol quente, a falta de conforto, o perigo ali no barranco. Reconhecia isso, mas nada podia fazer para dominar-se. Tudo o que podia fazer era torcer para que um cágado não viesse na sua linha.

E ele torceu. Mas sua torcida não adiantou: quando sentiu um peso diferente na linha, um peso que se movia, não teve dúvida. E antes que dissesse qualquer coisa, já um dos companheiros, pescador experimentado, vendo-o recolher a linha, observava lacônico: "Agora é você que pegou um."

"É", ele respondeu, contrariadíssimo, recolhendo a linha na carretilha, o peso acompanhando firme.

Próximo ao barranco, na água esverdeada e límpida, pôde então ver o cágado: de tamanho regular, ele batia as patinhas, preso à linha. Os companheiros limitavam-se a olhar, com um ar de riso, quase de gozação.

"Porcaria", disse ele, fingindo uma grande raiva: na realidade, não sentia nada contra o cágado; sentia contra o acontecido, que o obrigaria agora a enfrentar uma situação que achava mil vezes desagradável.

Veio trazendo o cágado barranco acima.

"Porcaria", tornou a dizer, com medo de que os companheiros não tivessem acreditado muita em sua raiva.

Agora o cágado estava ali, a seus pés, entre as pedras, de costas, mexendo as patinhas no ar. O anzol, amarelo, estava preso na beirada da boca: felizmente o cágado não o engolira. Curvou-se então para tirá-lo.

"Você tem faca ou canivete?", perguntou cordialmente um companheiro.

"Faca? Esqueci a minha em casa..." A verdade é que nem tinha faca.

O outro tirou-a da cintura, com a bainha, e fez menção de jogar: ele se preparou e catou-a no ar.

Tirou a faca da bainha – mas é claro que não faria aquilo. Pensamentos passaram rápidos pela sua mente. E então teve o lampejo: "Sabe?", ele falou, sem se voltar: "eu vou levar esse cágado."

"Levar?", um dos companheiros se espantou, os dois voltando-se para ele: "Levar pra quê?"

"Pra criar."

"Criar?", e o espanto foi maior ainda.

"Você nunca viu gente criar cágado?... Pois tenho um primo que tinha três na casa dele."

Pura invenção... Mas precisava falar alguma coisa assim; o pessoal da roça só acredita quando a gente diz que fulano ou sicrano, um primo ou um tio nosso, tem ou fez tal coisa. E, afinal de contas, criar um cágado não era nada de tão excepcional assim para provocar tanto espanto: embora não conhecesse uma determinada pessoa que criasse, sabia que isso existia. E gente que criava bichos bem mais estranhos?

"É", disse, com algo de provocação, "é isso o que eu vou fazer com ele: levar pra casa e criar."
Devolveu a faca, agradecendo cordialmente.

Os dois companheiros continuavam olhando-o, admirados: nunca tinham dado a menor importância a um cágado e não conseguiam entender como que alguém podia se interessar por criar um deles – um bicho feio e desengonçado, que só servia para atrapalhar uma pescaria.

"Você vai mesmo?", perguntou o mais incrédulo.

"Por que não?"

"Mas a gente cria isso?"

"A gente cria tudo, é só gostar", ele respondeu. "Minha mulher é que vai adorar", falou, rindo ambiguamente, pois o mais provável é que sua mulher caísse dura para trás quando visse o cágado. "Ela gosta tanto de animais; ela costuma dizer que somos todos filhos de Deus. É por isso que eu vou levar esse cágado pra ela. Posso não levar um peixe, mas pelo menos um cágado eu levo. Ela vai adorar..."

Ficou olhando divertido e quase com ternura para o cágado ali, entre as pedras, já de pé, a cabeça e as patinhas encolhidas no casco.

"É", disse, "cágado pode atrapalhar uma pescaria, não há dúvida; mas, observando bem, até que é um bichinho muito interessante, vocês não acham não?"

"Eu acho", disse um dos companheiros; "principalmente pra passar a faca no pescoço."

"É, pra isso cágado é bão", disse o outro.

"Não vejo a hora de chegar em casa...", ele disse, com o mesmo ar de provocação.

Iscou de novo o anzol, morosamente, sem interesse em continuar a pesca. Agora só desejava que o tempo passasse depressa e anoitecesse e eles fossem embora. Já não se importava de não pegar peixe. Tinha medo é de pegar outro cágado. Mas isso também não seria problema: levaria os dois, e já tinha até uma resposta preparada para tal eventualidade: "Vou levar um pra minha mulher e o outro pra mim."

Dessa vez, a sorte colaborou com ele: não pegou mais cágado. Nem os outros pegaram. E nenhum deles pegou peixe.

"Foi a pior pescaria que eu já fiz na minha vida", queixava-se um dos companheiros, arrumando a tralha. "Nunca fiz uma pescaria tão ruim."

"Nem eu", disse o outro.

"E eu?", acrescentou ele, deixando acreditarem que já pescara, muitas vezes, em rio, quando até aquele dia nunca tinha pescado; só tinha pescado em córregos, só peixinhos miúdos.

"Você não pode queixar", disse para ele o primeiro companheiro: "você vai levando um cágado, e vivo ainda, hem?"

Os três riram juntos.

"Estou quase resolvendo levar esses outros dois que eu matei", continuou o companheiro.

"Leva", disse o outro: "pelo menos um caldinho pra sopa é capaz de dar."

Os três riram de novo. E riram ainda várias vezes a respeito de cágados, enquanto caminhavam de volta para a casa da fazenda, pela estrada já quase escura. Suas risadas iam ficando para trás, engolidas pelo silêncio da noite que vinha lentamente chegando.

Ele pôs o carro a funcionar; despediu-se novamente dos amigos; houve uma última piada sobre o cágado, e então ele partiu.

Chegou em casa pouco depois das dez horas. Entrou com caniço na mão e, na outra mão, um saco de pano. Foi andando até a cozinha.

A mulher estava lavando pratos.

"Quantos dourados?", ela perguntou, com uma displicência irônica, sem interromper o serviço.

Ele já esperava por aquilo.

"Dourado", disse, "eu não trouxe nenhum; mas antes que você faça qualquer comentário sobre as minhas brilhantes qualidades de pescador, eu quero te informar que nenhum de nós pegou nada; portanto, você não pode dizer nada. Mas não fique triste, eu não trouxe peixe, mas trouxe uma coisa muito melhor para você. Você vai adorar."

"Já sei", disse ela, voltando-se rápida: "murici! Não é?..."

"Bom, pensando bem, a cabeça até que dá de parecer um pouco..."

"Cabeça?", e ela então observou melhor o saco que ele segurava: "Mas então não é fruta."

"E quem disse que é fruta?"

"Você disse que parece com murici."

"Eu disse que a cabeça dá de parecer um pouco; um murici meio surrealista, evidentemente..."

Ela olhava intrigada e meio desconfiada.

"É bicho?"

"Não sei...", e ele fez cara de mistério: "Não vou dizer nada..."

"Você disse que eu vou adorar?"

"Pelo menos é o que eu acho; você sabe, às vezes a gente engana..."

"Posso apalpar?"

"Só um pouquinho, senão fica fácil; aí perde a graça."

Ela apalpou de leve, com medo, os olhos piscando muito.

Ele estava delirando com a coisa; quase não aguentava mais pelo momento de abrir o saco.

"É duro...", ela constatou. "Não está parecendo bicho não..."

Ele riu.

"Não, Tito, quê que é? Fala; me mostra quê que é..."

"Eu vou ficar triste se você não gostar..."

Ele abriu o saco, e ela chegou o rosto perto; ela deu então um grito que atravessou a casa.

"Quê que é isso, Tito?"

Ela tinha se encostado à parede, o rosto apavorado como se tivesse acabado de ver o mais horrendo monstro da terra.

Ele dava gargalhadas.

"Quê que é isso, Tito?"

"É um cágado... um cágado...", e ele ria.

"Seu cretino; me fazer quase pôr a mão nisso, me passar esse susto..."

Ele continuava a rir.

"Dá mais uma olhadinha, você nem viu direito... Ele é uma gracinha... Acho que os olhos são da mesma cor dos seus, bem..."

Ela não quis falar mais; fechou a cara. Voltou a lavar os pratos.

"Você ficou com raiva? Que isso, bem, foi só uma brincadeira. Além do mais, cágado é um bicho inofensivo, não faz mal a ninguém. Só atrapalha um pouco os pescadores; mas, diabo, por que não dizer que os pescadores é que os atrapalham? Afinal, lá sempre foi o lugar deles, e se alguém joga uma minhoca dentro da água, é claro que eles vão querer comer. E, depois, os pescadores se queixam e se vingam covardemente, cortando o pescoço deles. Eu não, não sou covarde; pelo menos a esse ponto. E foi por isso que eu trouxe ele. E também porque achei ele engraçadinho. Olha como ele faz: ele esconde a cabeça e as perninhas dentro do casco, não é engraçado? Olha, bem, olha só um pouquinho."

"Não quero olhar; quero é que você suma com isso."

"Puxa, mas assim agora sou eu quem fica chateado. Tive a melhor intenção. Pensei até que... Que isso podia ser uma distração pra gente, entende? Um bichinho engraçado, inofensivo. Já pensei até no nome dele:

Adalberto. Não sei se você gosta. É que, desde criança, todo cágado eu acho que tem cara de Adalberto. Não sei por quê, mas é assim; não consigo imaginar que um cágado possa ter outro nome. Olha bem se não é", e ergueu o cágado para ver a cabecinha dentro do casco. "É Adalberto purinho. Não pode ser outro nome. Está na cara. Hem, Beto? ", tremelicou o dedo na frente, e os olhinhos do cágado piscaram. "Como não gostar de um bichinho desses? Esse ar assustado, esse jeitinho engraçado... É um *gauche*, não resta a menor dúvida. Cortar o pescoço, como podem fazer isso? Você também vai acabar gostando dele, Dalila, tenho certeza..."

"Acabar gostando dele?", ela se virou, pondo as mãos na cintura: "Quê que você está pensando em fazer, hem?"

"Estou pensando em criar ele, apenas isso."

"Criar esse monstro?"

"Monstro; um bichinho inofensivo; um inocentezinho salvo da morte..."

"Pois antes ele tivesse morrido; antes você tivesse passado a faca nele."

Ele abanou a cabeça, chateado.

"Não quero nem saber disso aqui", ela continuou; "você dá um jeito; não quero ver nem cheiro disso aqui amanhã."

Ele olhou para a cabecinha do cágado dentro do casco.

"Se você olhasse um pouco mais para ele, você também ia ter pena..."

"Ter pena dessa coisa horrível?"

"Coisa horrível..."

Saiu com o cágado para a varanda. Ficou lá com ele alguns minutos, depois voltou.

"Cadê minha toalha? Vou tomar banho?"

"E o bicho? ", ela perguntou, ainda tensa.

Dessa vez ele se queimou: "Deixa ele em paz, Dalila! Ele não vai te comer não!"

Foi a última palavra. Os dois não se falaram mais aquela noite. Nem, no dia seguinte, falaram mais no cágado.

A mulher sabia como era o marido nesses casos: nada do que ela dissesse adiantaria para que ele se desfizesse do animal. E então só restava a ela uma coisa: ignorar o cágado, fazer como se ele não existisse. Foi o que ela fez.

E, assim, o cágado ficou, e foi ficando, para alegria do homem e aborrecimento da mulher. Mas, também, o homem, não querendo abusar de seu poder, tomou providências para que o cágado não fosse além da pequena área que para ele arranjara ao lado da casa. Era uma área que estava quase abandonada; tinha sido feita para os filhos do casal brincarem – mas os filhos não vieram, e o casal, desgostoso, deixou a área ao abandono. O homem nunca pensara que a área fosse servir para aquilo...

"Quê que se há de fazer", refletiu ele em voz alta, observando o cágado a um canto: "na falta de filhos, a gente cria cágados... Não é mesmo, Adalberto?"

Adalberto não deu nenhum sinal de concordância: continuava metido no casco e não se mostrava para nada.

"Sujeito mais tímido", ele disse; mas concluiu que, com o tempo, o cágado certamente iria se desinibindo.

Fechou o portão e resolveu espreitar pela fechadura. Só depois de alguns minutos Adalberto deu o ar da graça, pondo a cabeça de fora e observando com medo. Então deu alguns passos.

Ficou mais esperançoso, achando que o cágado agora fosse comer os pedacinhos de carne que levara para ele; as folhas de alface, que de manhã deixara, tinham murchado – o cágado nem tocara nelas.

"Você gosta é duma carninha, né, seu malandro?"

Por isso é que ele comia tanta minhoca na pescaria...

Mas o cágado não tocou também na carne, nem pareceu interessado. Deu mais alguns passos até o buraco no muro, por onde escorria a água da chuva, e ali ficou. Estaria procurando a fuga?

Na manhã do outro dia, a primeira coisa que fez foi ir ver o cágado. Primeiro olhou pelo buraco da fechadura: lá estava ele, no canto – teria estado ali desde a véspera?

Os pedaços de carne continuavam no chão. Entrou e verificou que o cágado não comera nada.

Preocupou-se; não sabia o que mais podia fazer. Pensou até em pedir uma sugestão à mulher – mas é claro que não faria isso.

Agachou-se e improvisou uns chamados carinhosos – haveria um modo especial de se falar com cágados? Tudo o que conseguiu foi que o bicho se espremesse mais ainda contra o cantinho do muro, ficando quase vertical.

"Que bicho mais medroso", falou, já meio aborrecido por não encontrar correspondência às suas atenções. "Quê que há, meu chapa? Eu não fiz nada com você, só estou querendo te agradar." Pegou o cágado e ergueu-o: fez uns barulhinhos carinhosos com a boca, tentando cativá-lo. "Quê que há? Por que todo esse medo? E a nossa amizade?"

O problema é que não tinha jeito de acariciar um cágado como se faz com um cachorro ou com um gato. Assim mesmo, ele ainda passou a mão pelo casco duro – haveria alguma sensibilidade ali?

Não sabia nada, absolutamente nada sobre cágados; era um ignorante completo no assunto. A única coisa que sabia – ouvira dizer – é que tartarugas vivem até quatrocentos anos. Mas não sabia se acontecia o mesmo com os cágados. Qual a diferença entre tartarugas, cágados e jabu-tis? Jabutis eram personagens de várias histórias que lhe contavam quando criança – sempre em disputa com bichos velozes e sempre vencendo-os pela astúcia.

No mais, só se lembrava de ter lido sobre esses animais nos quadrinhos "Maravilhas da Natureza", de Walt Disney, que alguns jornais e revistas traziam – mas do que lera nem de longe se lembrava. Livro, ele não tinha nenhum onde pudesse encontrar algo, e duvidava que a Biblioteca Pública tivesse. Certamente deviam existir livros que ensinavam a criar cágados, talvez até o livro de algum americano, *Minha vida com Joe* – Joe sendo, naturalmente, o cágado. Mas, para encontrá-los, só nas livrarias ou bibliotecas das capitais, e seu problema era agora: tinha de descobrir um meio de o cágado se alimentar. Do contrário...

Ou os cágados podiam ficar muito tempo sem comer? Mas, ainda que pudessem: era chato ver o cágado assim, não querendo comer nada e morrendo de medo o tempo todo.

Aquela hora, ao pousá-lo no chão, ele saiu doido em disparada, de volta ao cantinho do muro. Estava superapavorado. Talvez só mesmo com o tempo, quando ele fosse se acostumando com o novo ambiente.

Ou seria a falta de água para nadar? Se fosse, ele poderia construir um tanque ali. Compensaria? É que andava apertado de dinheiro, e um tanque não ficaria tão barato. E, o pior, aumentaria mais ainda o problema com a mulher, que se mantinha

irredutível em sua recusa ao animal. Se pelo menos Adalberto colaborasse, fizesse alguma graça, se mostrasse enfim mais amável, mais interessante; com o tempo podia ser até que a resistência da mulher cedesse. Mas daquele jeito?

"Hem, Adalberto? Como é que vai ser?..."

Fechou o portão desanimado.

Uma nova tentativa: trazer para ele algumas minhocas. Conseguiu-as no quintal de um amigo. Mas, como já acontecera com as outras comidas, o cágado nelas nem tocou.

Outra tentativa: colocá-lo no tanque de lavar roupa. Se essa não desse certo... Deu; felizmente deu. Pela primeira vez o cágado mostrou uma reação mais animadora: mergulhou e nadou dentro daqueles exíguos limites, depois ficou flutuando, quieto. A água estava muito suja, e só aparecia sua cabecinha de fora, lembrando uma cabeça de cobra e dando até um certo arrepio.

Conservando-se à distância, ele observou que o cágado ficava assim para pegar mosquitos; duas vezes o viu golpear rápido o ar, depois recolher a cabeça, e em seguida lentamente emergi-la de novo, à espera de nova presa. Ficou bastante animado e acreditou que aquilo já era o princípio da adaptação.

Assim, nos dias seguintes, toda manhã ele levava o cágado para o tanque cheio d'água e ali o deixava por uma hora – o tempo exato em que a mulher ficava fora, na aula de costura. Tudo foi correndo bem, embora o cágado ainda se recusasse a comer o que ele punha e mostrasse perto dele o mesmo comportamento arredio; mas, pelo buraco da fechadura, já o vira movimentando-se mais, não ficava embirrado lá no canto. A "desinibição" seria questão de dias apenas.

E já imaginava coisas que ensinaria para Adalberto, o cágado atendendo-o pelo nome, seguindo-o pela casa como um cachorro. Talvez até passeasse com Adalberto pela calçada, como fizera Baudelaire, com uma tartaruga pintada de verde, pelas calçadas de Paris. Ele poderia fazer o mesmo pelas calçadas de seu quarteirão, para escândalo da vizinhança, que já o olhava de um modo esquisito... Tinha muitas ideias, e cada dia pensava uma coisa nova.

Mas dois acidentes destruíram todos os seus planos. O primeiro aconteceu numa manhã em que estava tomando banho, e a mulher, por algum motivo, voltara mais cedo da aula. Não a escutou entrando e só soube que ela tinha chegado pelo grito horrível, que o fez sair do banheiro ainda ensaboado, embrulhado na toalha. Ao vê-la perto do tanque, deduziu tudo. Que azar, pensou, indo acudi-la. Ela estava branca e trêmula.

"Queria ver se ele estava sentindo falta de água", justificou-se; "esqueci de falar com você. Desculpe, bem, não tive nenhuma intenção de passar susto, juro. Quer tomar uma água com açúcar?"

Ela o afastou e, passado o susto, foi ficando vermelha de

raiva; sem falar nada, deu-lhe as costas, e pouco depois ele escutou a porta da sala batendo com força.

"É, Adalberto, estamos sem sorte...", lamentou.

Mas não deixou, nos outros dias, de colocar o cágado no tanque – o coitadinho achava tão bom... Só que agora ficava ali perto, vigiando, pronto para uma emergência.

O segundo acidente foi pior. Aconteceu numa noite em que a sogra tinha ido visitá-los. Estavam os três no auge de uma animada conversa, quando a sogra deu um grito e subiu no sofá com uma vitalidade surpreendente para os seus sessenta anos. A causa do grito foi logo vista: Adalberto, o infeliz Adalberto, que, por um descuido seu, não fechando o portão, resolvera dar uma esticada até a sala.

Antes que ele pudesse tomar qualquer atitude, já a mulher saíra da sala e voltara com uma vassoura: a raiva acumulada de todos aqueles dias explodiu num gesto decisivo e final – Adalberto foi varrido pela sala e empurrado porta afora como se fosse um simples objeto.

Ele nada fez, nem falou, e procurava agora salvar as aparências, desculpando-se com a sogra, oferecendo água com açúcar, etc.

Em pouco tempo a situação anterior se recompôs, e eles voltaram a conversar, mas sem a animação de antes e com um vago mal-estar devido ao acontecimento. Por dentro, ele

só pensava naquilo, chateado com o seu descuido – não por causa da sogra, mas por causa do cágado.

Não via agora como continuar com o animal. As mulheres, com seus medos idiotas e seus malditos gritos. Um bichinho daqueles – o mais inofensivo, pacífico, pacato, doentiamente medroso –, um bichinho daqueles provocar gritos e quase desmaios... E depois ser varrido como um objeto, como lixo, ser jogado lá fora...

A sogra não demorou muito mais; despediu-se e, ao atravessar o jardim, ia olhando para os lados: como se, amoitadas nos canteiros, mil cobras venenosas ali houvesse – pensou ele, com ódio.

Ele e a mulher voltaram para dentro – e, como naquela primeira noite, quando ele chegou com o cágado, ela não lhe falou mais uma palavra.

Basta – ele decidiu. Cansara-se. Saiu e procurou lá fora o cágado. Encontrou-o no meio-fio, todo encolhido.

"Pobre Adalberto", falou, mais para si mesmo do que para o cágado. Pegou-o. "Você machucou? A sorte é você ter um casco como esse, porque a fúria irracional de uma mulher, meu caro... A culpa foi minha; mas, também, que mal tinha você dar uma esticadinha pela casa? Nem sujar, você suja; ou suja menos que o sapato de uma pessoa. É, acabou, meu velho. Agora você vai ter mesmo de ir embora..."

Refletiu um pouco sobre o destino a dar a Adalberto; fechar a porta da casa e abandoná-lo ali, em plena rua, como um enjeitado, isso é que não faria, de forma alguma. Não demorou muito a encontrar a solução: o lago do Jardim, a dois quarteirões dali. Já tinha pensado antes no lago, mas é que queria ter o cágado em casa, como um companheiro.

Foi andando com ele na mão. Já eram mais de dez horas, o céu ameaçando chuva.

Não havia ninguém no Jardim. Ele parou diante do lago: "Aqui vai ser melhor para você", falou. "Aqui você pode nadar muito melhor e caçar mais insetos. De vez em quando eu virei te visitar. Tá? Tiau, Adalberto."

Colocou-o no lago. O cágado sumiu logo, na água lodosa.

Começava a pingar, e a chuva veio rápida e forte. Foi a conta de ele chegar em casa.

Agora, deitado ao lado da mulher, no escuro, os dois calados, a chuva caindo mansa lá fora, ele refletiu melhor sobre as coisas e sentiu-se mais conformado: às vezes a gente não pode ter tudo o que quer. Adalberto é que devia estar achando bom aquela chuvinha, pensou, com um vago sorriso; o malandro devia estar lá, espraiando-se à vontade no lago, com uma porção de insetos para caçar...

E assim, com a ausência do cágado, a paz foi lentamente voltando ao lar. A mulher não soube o que ele fizera do animal; ele não falou nada.

No outro dia, de manhã, foi visitar Adalberto, ver como ele tinha passado a noite em seu novo lar. Olhou o lago, procurando-o; o fundo lodoso tornava difícil distinguir as coisas, e ainda havia, boiando na superfície, plantas aquáticas e folhas.

Observou se não havia alguém por perto, e então chamou: "Adalberto."

Esperou um pouco, os olhos procurando. Não viu nada.

"Adalberto", chamou de novo.

Talvez ele tivesse fugido; talvez já estivesse longe dali. Apesar de ser um cágado, dez horas davam para se andar uma boa distância...

Quando estava pensando isso, percebeu uma coisa meio diferente entre as folhas: uma cabecinha.

"Safado...", riu. "Você está bem quieto aí, e eu preocupado com você..."

O cágado olhava na sua direção: será que o teria reconhecido? Devia estar ali todos aqueles minutos, com a cabecinha entre as folhas, observando-o, e ele nem percebera. Com uma camuflagem daquelas, não havia inseto que escapasse...

"Você, com essa cara de bobo, hem?...", disse ele, sentindo cumplicidade com o cágado.

Voltou para casa satisfeito, tranquilo com o futuro de Adalberto. Eram essas pequenas coisas que faziam a alegria de um dia. E aquele dia ele sentiu-se feliz.

Tão feliz quanto, no dia seguinte, infeliz se sentiu: ao chegar no Jardim, viu dois meninos que se divertiam

chutando uma coisa; aproximou-se e viu que a coisa era simplesmente Adalberto.

Foi em cima, enfurecido, agarrou os meninos e por pouco não fazia uma besteira maior ainda. Tão grande era sua cólera, que ele ficou sem falar, os meninos presos em suas mãos.

Por fim disse: "Sumam daqui, ouviram? E se eu pegar vocês de novo fazendo isso, nem queiram saber o que eu faço com vocês."

Soltou-os: num minuto os meninos azularam.

Um senhor, velho e gordo, sentado num banco ali perto, olhava para ele com um ar de perplexidade.

Agachou-se e pegou o cágado; examinou-o, vendo se não tinha sofrido alguma avaria. Felizmente, parecia que não. Depositou-o então com cuidado no lago, e o cágado fugiu para o fundo.

Olhou ao redor, ainda transtornado, verificando se os meninos não estavam por ali. O velho, no banco, continuava olhando para ele com a mesma cara de perplexidade. Qual o motivo? Ele ter agarrado os meninos? Mas os meninos terem chutado um indefeso animal, isso não provocara nada nele não, né? Pelo contrário: devia estar ali se divertindo muito com aquele futebol original...

Foi andando de volta e, de propósito, passou bem

rente ao velho: lançou-lhe, então, um olhar que era como um tapa.

No caminho de casa, sua indignação foi cedendo lugar a uma descrença triste nas pessoas e na humanidade: o ser humano era aquilo mesmo, da infância à velhice – refletiu, resumindo nessa frase toda a sua amargura.

No dia seguinte houve algo que, de certa forma, foi pior ainda e acabou de consolidar seus sentimentos da véspera: os meninos não estavam lá, mas, ao descobrir o cágado, que se arrastava medrosamente pela grama, sob umas plantas, viu que alguém escrevera com tinta branca no casco. Era um palavrão.

Dessa vez sua reação foi muda: seus olhos marejaram. E agora? Levar o cágado para casa? Reclamar do zelador do Jardim? Mas que tinha com isso o zelador? O cágado fora posto ali sem ninguém pedir, e já era muito que o deixassem ficar, que ele pudesse ali sobreviver.

Voltou para casa cabisbaixo. Nesse dia a mulher, que já vinha estranhando certas atitudes dele, quis saber o que havia. Ele tinha decidido nunca mais falar naquilo, mas, na depressão em que se achava, acabou falando. Contou tudo, desde o dia em que ela expulsara o cágado. Mas não fez nenhuma queixa ou recriminação: simplesmente contou as coisas, como elas haviam acontecido.

Ela, mais compadecida dele do que propriamente do cágado – se bem que, à distância e depois de todos aqueles azares, o cágado já não lhe parecia tão repulsivo – se desculpou, dizendo que não era por sua vontade que não gostava do bicho; era uma coisa que sentia, uma coisa incontrolável.

Ele sacudiu a cabeça: não tinha problema; lá no Jardim era até melhor para o cágado, por causa do lago. O problema eram as pessoas. Por que não deixavam o cágado em paz? Por que tinham sempre de inventar novas maldades contra ele?

Na manhã do outro dia, ele voltou ao Jardim. Dessa vez não encontrou novidades: o cágado estava lá, no lago, tranquilo. A tinta já havia se desmanchado um pouco.

"Como é, Adalberto?..."

Talvez, passada a novidade, as pessoas o fossem esquecendo e o deixassem em paz.

Com novas e imprevistas ocupações, ele não pôde voltar ao Jardim nos dias seguintes. E uma tarde em que andava pelo centro, ao passar por uma lata de lixo, algo chamou-lhe a atenção; foi examinar, e o que ali encontrou, entre papéis, cascas de frutas e outros detritos, não foi nada menos que Adalberto: de cabeça para baixo, o cágado mexia inutilmente as perninhas.

Ele foi ao mercadinho em frente e se dirigiu ao homem gordo, que sabia ser o dono:

"Aquele lixo ali é do senhor?"

"É; por quê?", o homem o olhou, com algum medo.

"Foi o senhor que pôs o cágado nele?"

"Cágado?"

"Ah", o empregado, um rapazinho moreno, que naquele momento atendia uma senhora e escutara a conversa, se aproximou rápido: "Fui eu, Sô Pedro; eu quem pus o bicho lá; ele estava perto da lata, aí eu aproveitei e pus ele também; colaborando com a Prefeitura, né?...", e deu uma risadinha idiota, mas, vendo que os outros não riam, ficou sério e assustado: "Isso presta pra alguma coisa?..."

"Cágado?", a mulher também entrou na conversa. "Cágado tem muitas utilidades", disse professoralmente, olhando para o rapazinho, mas falando para todos. "Pode-se fazer muita coisa com eles: tenho uma cunhada que fez um arranjo com um, ficou uma maravilha. Ela é muito habilidosa; ela fez uma espécie de vaso; ela lixou, envernizou o casco, pôs um arco de arame, e depois plantou. Hoje o vaso está pendurado lá na sala de visitas. Todo mundo que vai lá acha uma maravilha..."

"É mesmo?", o rapazinho perguntou, com os olhos muito abertos, abobado. "Poxa, eu não sabia..."

O dono se voltara para ele:

"O senhor está querendo o cágado?"

"O cágado é meu", disse ele, esforçando-se para manter a calma.

"Do senhor?", o homem admirou. "Mas como ele veio parar aqui?"

"Não sei; sei que ele é meu, e vou levá-lo", disse, encerrando a conversa, e foi saindo.

"Se o senhor estiver interessado em vender...", falou a mulher, muito gentil.

Ele não respondeu.

Lá fora, enfiou a mão na lata de lixo, retirou o cágado, colocou-o dentro do jornal dobrado e foi andando em direção ao Jardim.

"É a última vez que te socorro, Adalberto, a última; trate de se esconder aí, no lago, e não se mostrar a ninguém, que eu não vou mais te socorrer não; mais nenhuma vez. Se cuide."

Pôs o cágado no lago e foi embora.

Em casa, contou o fato à mulher, e comentou desesperançado: "Antes eu tivesse cortado o pescoço dele na pescaria; antes eu tivesse feito isso..."

Realmente, não voltou ao Jardim. Nem lhe aconteceu mais de ver o cágado na rua. Com o distanciamento e as ocupações, foi se desligando dele, e já o tinha quase esquecido, quando, um dia, ao fazer uma viagem, viu-o na estrada. Não teve a menor dúvida de que fosse ele – e, para confirmar, lá estavam ainda as manchas brancas de tinta.

O cágado ia pela beirada do asfalto, de costas para a cidade, na direção do rio – mas o rio estava a mais de cem quilômetros dali, o cágado nunca chegaria, ou só chegaria com anos; antes disso, ele provavelmente teria morrido de fome ou sido esmagado por algum carro na estrada.

Podia pegá-lo e levar até algum córrego ou rio onde não houvesse perigo de pescadores, mas não sabia onde encontrar um córrego ou rio desse jeito – e, também, talvez a sua afeição pelo cágado já não fosse tão grande que o fizesse parar e ter esse trabalho...

Assim, limitou-se a suspirar e a exclamar: "Pobre Adalberto", enquanto via no espelho, pela última vez, aquela pequena coisa viva caminhando pelo asfalto.

**Luiz Vilela** nasceu em Ituiutaba, Minas Gerais, em 31 de dezembro de 1942. Formou-se em Filosofia, em Belo Horizonte. Foi jornalista em São Paulo. Morou algum tempo nos Estados Unidos e outro tempo na Espanha. Atualmente mora em sua cidade natal. Começou a escrever aos 13 anos. Aos 24 estreou na literatura brasileira, com o livro de contos *Tremor de terra*, e com ele ganhou o Prêmio Nacional de Ficção. Ganhou também outros prêmios literários. Luiz Vilela é autor de 11 livros, todos de ficção, e já foi traduzido para várias línguas.

**César Landucci** nasceu, cresceu e vive em São Paulo. Estudou Artes Plásticas, trabalhou com propaganda, desenvolveu embalagens e peças de jogos e brinquedos até descobrir os livros, com os quais trabalha há mais de vinte anos, fazendo projetos e desenhando.
*E-mail: graal.alp@zaz.com.br*